Un *zeste* d'éternité

Édition : Murielle Villeneuve
Infographie : Johanne Lemay
Révision : Lise Duquette
Correction : Odile Dallaserra et Élyse-Andrée Héroux

Données de catalogage disponibles auprès de Bibliothèque et Archives nationales du Québec

DISTRIBUTEURS EXCLUSIFS :

Pour le Canada et les États-Unis :
MESSAGERIES ADP inc.*
Téléphone : 450-640-1237
Internet : www.messageries-adp.com
* filiale du Groupe Sogides inc.,
filiale de Québecor Média inc.

Pour la France et les autres pays :
INTERFORUM editis
Téléphone : 33 (0) 1 49 59 11 56/91
Service commandes France Métropolitaine
Téléphone : 33 (0) 2 38 32 71 00
Internet : www.interforum.fr
Service commandes Export – DOM-TOM
Internet : www.interforum.fr
Courriel : cdes-export@interforum.fr

Pour la Suisse :
INTERFORUM editis SUISSE
Téléphone : 41 (0) 26 460 80 60
Internet : www.interforumsuisse.ch
Courriel : office@interforumsuisse.ch
Distributeur : OLF S.A.
Commandes :
Téléphone : 41 (0) 26 467 53 33
Internet : www.olf.ch
Courriel : information@olf.ch

Pour la Belgique et le Luxembourg :
INTERFORUM BENELUX S.A.
Téléphone : 32 (0) 10 42 03 20
Internet : www.interforum.be
Courriel : info@interforum.be

04-17

Imprimé au Canada

Dépôt légal : 2017
Bibliothèque et Archives nationales du Québec

ISBN 978-2-7619-4836-4

Gouvernement du Québec – Programme de crédit d'impôt pour l'édition de livres – Gestion SODEC – www.sodec.gouv.qc.ca

L'Éditeur bénéficie du soutien de la Société de développement des entreprises culturelles du Québec pour son programme d'édition.

Conseil des Arts du Canada | Canada Council for the Arts

Nous remercions le Conseil des Arts du Canada de l'aide accordée à notre programme de publication.

Financé par le gouvernement du Canada
Funded by the Government of Canada | Canada

Nous reconnaissons l'aide financière du gouvernement du Canada par l'entremise du Fonds du livre du Canada pour nos activités d'édition.

Textes inédits

Jacques Salomé

Un *zeste* d'éternité

LES ÉDITIONS DE L'HOMME
Une société de Québecor Média

Préface

« La Vie est une succession de miracles inouïs… » m'a dit Jacques lors de notre première rencontre.

Et il m'a appris à les accueillir.

Depuis, à ses côtés, j'apprends chaque jour à accueillir les miracles de l'amour, les miracles de l'être humain, les miracles de la présence vivante. Les miracles de SA présence, une écoute bienveillante, une fugue exaltée, une témérité enviée. Grâce à lui, j'accueille ce miracle permanent : la Vivance de la vie en soi.

Dans les tumultes de la maladie, dépossédé de ce qu'il a tant chéri, les mots pour nous dire… il lutte pour s'inventer une tout autre réalité.

Invincible, il s'accroche à la force vive des mots pour nous écrire. Il vient à notre rencontre par les vibrations de son regard, par la tendresse de ses gestes, par la lumière de son esprit. Il est aujourd'hui, plus que jamais, dans le désir de communiquer, dans l'urgence de transmettre, dans la liberté de partager ses découvertes.

Jacques a la magie d'effleurer le temps, d'agrandir l'espace de la vie, de prolonger l'instant pour y loger un « zeste d'éternité ».

Je vous invite à l'accueillir. Car, au fil de ces pages, il témoigne de l'incroyable puissance des mots. Ces mots qui, à travers des aveux déposés, des réflexions délivrées et des regards poétiques inachevés, parviennent à redonner souffle à la voix magique de Jacques Salomé, l'orateur, le psychologue, le poète, l'homme.

Ce livre se veut un toucher caressant les étoiles de l'espoir dans l'infinité de la vie.

VALERIA SALOMÉ

Car enfin...

C'était une histoire entre moi et moi...
entre tous les moi qui voyageaient en moi
depuis bien avant ma naissance...

C'est une histoire où je m'égarais en toi
en croyant me trouver et me perdant
à te chercher...
Oui, me perdant à te chercher là où je te voulais,
là où tu n'étais pas,
car toi... tu restais toi...

Je laisse la place à vos regards, j'efface le moi pour vous laisser entrer dans les pages qui suivent. Je vous invite à accueillir la part d'indicible qui habite chacun, à prendre le temps de vous rencontrer, de vous redécouvrir et, peut être... de vous aimer.

Je vous offre un zeste d'éternité...

LE POUVOIR *de l'écriture*

Les livres m'ont conduit vers l'immensité de l'être humain

La plus belle de mes rencontres fut la rencontre avec les livres. Pour tout dire, les livres ont changé ma vie personnelle et professionnelle…

J'avais huit ans et le premier livre qui a changé mon regard sur le monde fut un livre de Michel Zévaco, extraordinaire feuilletoniste du début du siècle. Ce livre publié par Fayard – 65 centimes – s'appelait *Les Pardaillan*. Il m'a fait découvrir des valeurs qui m'ont marqué à jamais : le courage, l'affirmation de soi, les vertus de la parole donnée et quelques-uns des mystères de l'amour. Ce livre m'a appris que je pouvais avoir du pouvoir sur ce qui m'entourait, que j'avais des ressources pour ne plus être une victime, que je disposais de ressources extraordinaires, en particulier celles de pouvoir rêver, de puiser dans mon imaginaire pour recréer, remodeler la réalité et la rendre plus acceptable (car j'ai eu une enfance douloureuse et chaotique !). C'est avec des livres que, très tôt, j'ai réparé mon enfance.

D'autres livres m'ont bousculé ; un, en particulier, découvert à vingt ans, s'appelait *Le Troisième œil* de Lobsang Rampa. L'histoire racontée dans ce livre est celle du jeune Lobsang Rampa, enfant d'une riche famille, élevé dans un Tibet où la vie est réglée, rythmée par un rapport étroit au spirituel et au religieux, par des rites quotidiens et la rencontre avec le merveilleux. À sept ans, le jeune Tibétain quitte sa famille et rejoint une lamaserie à Lhassa. Là doit s'accomplir son destin, celui de devenir lama. L'initiation dure un an avant que Lobsang rejoigne pleinement la communauté. Au cours de son initiation, des rites lui permettent d'ouvrir un passage, une fenêtre dans le front qui permet d'atteindre le cerveau. Lobsang devient lama et, grâce à son troisième œil, acquiert des capacités extraordinaires et une autre dimension, projeté qu'il est dans le monde du sensible, du coloré, de l'aura et des énergies. Lobsang raconte ainsi sa vie parsemée d'expériences fabuleuses, se dit doté de pouvoirs à la périphérie du magique et du supranormal. Tout cela m'avait enthousiasmé et comblé.

Bien longtemps après, j'ai appris que T. Lobsang Rampa s'appelait en fait Cyril Hoskin, que c'était un plombier londonien, qu'il n'était jamais allé au Tibet, et que des doutes pesaient sur son passé pendant la Deuxième Guerre mondiale ! Je ne sais si Lobsang Rampa fut un escroc ; ce que je sais, c'est qu'il fut pour moi génial ! Car son livre, et je ne dois pas être le seul, m'a permis d'entrer dans les relations humaines comme on entre dans une démarche spirituelle ou un ordre religieux. Avec un enthousiasme, une foi dans les possibilités humaines et une énergie de vie incroyables.

D'autres livres ont continué à me bousculer. *Le journal d'un condamné à mort* de Victor Hugo, livre puissant qui m'a fait découvrir l'injustice et m'a conduit à faire des études de droit et de criminologie (oui, oui). *Le Développement de la personne* de Carl Rogers, qui a été à vingt-deux ans une véritable révélation et a décidé de mon orientation vers la formation aux relations humaines. Et des milliers d'autres qui sont venus éclairer, bousculer ou renforcer mes croyances sur moi-même, sur l'être humain, sur l'amour surtout !

Des livres sublimes sur la vie, comme ceux de Christian Bobin : *La plus que vive*, *Le Très-Bas* consacré à François d'Assise, et *Ressusciter*, livre d'amour pour son père.

Belle du Seigneur d'Albert Cohen, roman magnifique d'une écriture somptueuse, sur les mirages et les errances de la passion trop souvent confondue avec l'amour !

Une passion de Christiane Singer, grande prêtresse de l'amour et de la compassion qui a revisité les lettres d'Héloïse à Abélard.

Le journal d'Helen, mère de Stéphane Hessel, pour la liberté d'aimer en toute liberté.

Les derniers poèmes d'amour de Paul Éluard, le vivace de l'amour en ses scintillements multiples.

Le Bonheur fou de Jean Giono, les chevauchées de l'amour romanesque, le seul à survivre aux risques du temps.

Il y a les livres qui m'ont conduit vers l'immensité de l'être humain : *Les comportements sont des langages* de Françoise Dolto ; les *Conférences psychanalytiques à l'usage des malades* de Georg Groddeck ; *Le cri primal* d'Arthur Janov. Sans compter l'œuvre importante sur les symboles que Jung a produite. Sans oublier non plus *Mémoire de vie, mémoires d'éternité* d'Elisabeth Kübler-Ross, *Le langage du changement* de Paul Watzlawick, *La Bio-Énergie* d'Alexander Lowen et, enfin, *Le Matin des magiciens* de Jacques Bergier et Louis Pauwels, qui m'a ébloui.

Il est des livres…
Il est des livres si sensibles
qu'ils nous donnent
le sentiment d'être plus intelligents.

Il en est d'autres chargés de passions
qui nous rendent plus créatifs.
Il en est certains qui vont éveiller nos sens
et nous donner ainsi le goût de voyager
tout à l'intérieur et même au-delà,
jusqu'aux rires des étoiles.

Et d'autres encore, si accordés à l'imprévisible,
qu'ils vont nous faire rêver durablement
à un monde plus humain.

Écrire a changé ma vie

J'ai quatre-vingt-deux ans cette année et j'ai écrit, en près de quarante-cinq ans, plus de soixante-dix livres. On m'a souvent dit ou écrit combien quelques-uns de ces livres avaient changé la vie de beaucoup. Je n'en tire aucune gloire, mais un sentiment profond de gratitude envers mes lecteurs et la confirmation suivante : qu'un livre a toujours deux auteurs, celui qui l'écrit, celui qui le lit.

Mais je dois surtout dire que mes livres ont changé ma vie, et que je ne serais pas l'homme que je suis si je ne les avais pas portés en moi durant des mois, des années parfois. Nul ne sait les heures et les jours qui sont nécessaires, l'énergie consommée ou consumée pour déposer sur le papier quelques mots, les rassembler dans une phrase, les relire, les ciseler, les polir et surtout oser les publier.

J'écris des livres, c'est le défi que je me suis donné dans cette existence pleine de mouvements. J'écris pour permettre à ceux qui me liront de grandir de l'intérieur, d'aller au-delà de certaines désespérances, de dépasser des comportements toxiques envers soi-même et envers les autres ou, encore plus simplement, d'avoir le sentiment que la vie vaut la peine d'être vécue à pleine VIE.

Il y a six ans, dans un des Salons du livre, au stand des Éditions de l'Homme où je signais mes ouvrages, un homme s'est avancé vers moi. Un véritable colosse de près de deux mètres, qui s'écria en me voyant : « Ah ! Salomé, c'est vous ! Je dois vous dire que si je vous avais rencontré il y a dix ans, je vous aurais étranglé de mes propres mains ! Dans notre chambre, il y avait des livres de vous tout autour du lit et ma femme n'arrêtait pas de me casser les oreilles avec vos écrits : "Salomé aurait dit, aurait fait, aurait répondu… !" Je vous haïssais ! » Et puis, soudain, cet homme fut envahi par une émotion incroyable. Il sanglotait à corps perdu et je l'entendais hoqueter : « Mais il y a trois ans, un de vos livres, *Le Courage d'être soi*, m'a sauvé la vie. »

Souvent, après une conférence, au moment des signatures de livres, combien de couples s'avancent et me disent : « Si nous sommes encore ensemble, c'est grâce à votre livre sur le couple, *Parle-moi… j'ai des choses à te dire.* » Et dans les dix minutes qui suivent, un autre couple s'avance : « Ah, si j'ai pu quitter mon mari (ou ma femme), si je suis aujourd'hui avec mon (ma) partenaire actuel(le), c'est grâce à votre livre *Parle-moi… j'ai des choses à te dire* ! »

Que les gens décident de rester ensemble ou de se séparer, cela relève de leur responsabilité. Mais qu'ils puissent le faire dans un cas comme dans l'autre sans se violenter, sans se détruire, en restant au plus près de leurs sentiments réels, tout en se respectant, c'est ce que je leur souhaite.

J'ai reçu en une cinquantaine d'années d'innombrables témoignages dont j'ai gardé pendant longtemps des cartons entiers, qu'un jour j'ai brûlés pour préserver l'intimité de ces personnes.

Nombre de ces témoignages étaient surprenants. Certains faisaient référence à une phrase de moi que la personne avait déformée, au point que je ne pouvais plus la reconnaître, mais qu'elle avait entendue bien évidemment dans le sens qu'elle souhaitait. Ce qui m'a souvent bouleversé, c'est le « travail » déclenché, un véritable travail d'accouchement, de mise au monde, que certains lecteurs et lectrices entreprenaient pour changer leurs relations – avec leurs parents, avec un conjoint, avec un enfant, avec un collègue de travail. Comment ils pouvaient opérer un véritable nettoyage de leur tuyauterie relationnelle, un recadrage d'événements traumatisants, une réconciliation avec leur enfance…

Mes livres sont porteurs de messages de vie et d'espoir, car ils posent des jalons pour entamer des démarches qui paraissent à beaucoup essentielles pour la découverte de leurs ressources réelles et de leurs limites et zones de vulnérabilité. Ces jalons sont devenus aujourd'hui des certitudes existentielles qui m'habitent :

- ∞ découvrir que la vie est une succession de naissances autour de rencontres et de séparations, et que nous allons passer l'essentiel de notre existence à nous mettre au monde ;
- ∞ mieux apprendre à s'aimer, non pas d'un amour narcissique, mais d'un amour de bienveillance, de respect et de tolérance ;
- ∞ mieux apprendre à se respecter, c'est-à-dire oser dire non, à ne plus se laisser définir par l'autre, par les autres, par les courants consuméristes qui irriguent notre société de consommation et de recherche de profits ;
- ∞ mieux apprendre à se responsabiliser ;
- ∞ mieux apprendre à rester fidèle à ses valeurs, à ses engagements et à ses choix de vie.

Oui, il est des livres qui peuvent changer la vie et nous permettre d'amorcer un changement, voire une thérapie.

Oui, il y a des livres qui peuvent modifier notre regard, agrandir notre écoute, dynamiser nos désirs.

Oui, il y a des livres qui peuvent nous inviter à remettre en cause notre façon d'être, nous guider dans nos choix de vie, nous accompagner dans nos engagements tout en restant fidèles à nous-mêmes.

Le parfum poétique d'une écriture

Il y a de ces livres qui m'ont permis d'entrer en errance sur des territoires infinis, dont la beauté, la douleur, l'amour se déliaient en émotions fugitives, riches de l'autre, frémissantes de moi…

Christian Bobin sait non seulement apprivoiser les mots, mais il sait aussi les rapprocher, les accoupler, les faire dialoguer ensemble et, au-delà, leur permettre de faire l'amour. Et quand les mots font l'amour, c'est à nous de faire silence, d'écouter pudiquement, d'entendre dans l'après-coup, les yeux fermés, les résonances infinies qui tracent des sillons de co-naissances en nous.

Il y a dans ses écrits des vibrations qui prolongent l'offrande du cadeau, lequel est amplifié par le donner et le recevoir, l'abandon et la confiance, la liberté d'être et l'intime de l'autre.

C'est à une véritable fête de l'amour que nous assistons. Je l'imagine tel un virtuose, pianotant sur le clavier infini des mots, créant des partitions qui auraient noms sarabande, barcarolle, sonate ou lieder nostalgique.

Dans ses textes dédiés à ceux qui lui ont offert quelques instants de vie, il révèle les enjeux secrets d'une vie, les aspirations secrètes, les désirs passés ou présents, les rêves les plus fous ou encore le souvenir blessé ou meurtri, l'attente éperdue, la rencontre attendue. Mais ce qui circule le plus entre les lignes de ses écrits, c'est l'espoir. Non pas l'espoir aléatoire et imprévisible que chacun a au plus profond de lui, mais quelque chose de plus fort, de plus dense, de plus réel, ce qu'il serait possible d'appeler Espérance. Une espérance solide, palpable, accessible, soudain présente et familière tout à côté de nous.

Les mots, ceux enfouis au plus profond de nous-mêmes qui se donnent la liberté de courir vers la lumière ou ceux entendus durant nos errances et éblouissements de la vie, tentent parfois de dire l'essentiel ou de murmurer les possibles de l'espoir… Quand nous sommes prêts à offrir un espace intérieur où l'espoir peut se blottir et être accueilli.

Fragment de correspondance

Très souvent dans mes échanges avec les personnes travaillant dans le domaine de l'édition ou du journalisme, j'étais censé défendre mes travaux sur la nécessité de la prise de conscience de notre personne, de notre quête de bien-être avec soi.

Inspirée par le courant de la psychologie humaniste, ma vraie recherche concerne l'intérieur de l'être. Les sujets que j'aborde et la manière dont je les traite touchent à la communication interpersonnelle et intrapersonnelle dans le quotidien de la vie, quels que soient l'âge, le statut ou l'orientation de la personne. Mon but est d'accompagner l'être pour lui permettre de prendre en charge ses choix de vie et ses engagements avec plus de lucidité et de clairvoyance. Je propose des démarches concrètes qui permettent d'agir et de s'inscrire dans un processus de mieux-être, au-delà de la prise de conscience et de la méditation… Je propose des repères susceptibles d'aider une personne à se construire et à devenir auteure de sa vie, c'est-à-dire capable de se positionner, de s'affirmer et de se responsabiliser face aux événements de l'existence. Je me positionne sans me laisser définir par l'autre !

Cher Monsieur,

J'ai eu du plaisir à échanger avec vous, car vous savez déloger avec vigueur quelques-uns des leurres qui participent à tout échange.

Et pour tenter, de mon côté, d'y voir plus clair, à la suite de vos interpellations tous azimuts, il m'apparaît que ce qui fait les raisons de mon succès porte sur quelques points relativement repérables :

- ∞ je traite de thèmes qui sont au cœur des préoccupations des hommes et des femmes d'aujourd'hui : l'amour et son improbable et difficile durée dans le temps, le couple, la relation aux enfants, la relation à soi ou comment accepter d'être un meilleur compagnon pour soi-même, le respect de son Soi pour oser la Vie ;
- ∞ je n'utilise pas de jargon, mais un langage direct, illustré de nombreux exemples concrets, avec, m'a-t-on souvent confirmé, une dimension poétique qui s'adresse à l'imaginaire et à l'inconscient peut-être ;
- ∞ j'ai une passion pour les relations humaines que je considère comme la sève de la vie : comment se dire et être entendu, comment accéder au meilleur de soi et de l'autre, même si cela passe par des contradictions, des errances, des déceptions et parfois des impasses.

Je me considère plus comme un humaniste au ras des pâquerettes que comme un spiritualiste à la recherche d'une vérité.

Et je garde une défiance circonspecte vis-à-vis des idéologies et des prophètes de la communication « parfaite » et des tenants du « bien communiquer ».

Bien à vous. J. S.

Et si un jour vous passez par la Provence, n'hésitez pas. Nous poursuivrons notre passion commune : la Vie.

Le Salon du livre vécu de l'intérieur

C'est l'événement phare de la littérature, où la rencontre de l'écrivain avec ses lecteurs permet de poursuivre le fil magique d'un manuscrit, d'une idée, d'un simple message…

Je suis invité régulièrement à participer aux Salons du livre, en France comme à l'étranger, dans de grandes villes ou dans des endroits profonds du pays.

C'est un univers magique, le plus souvent constitué d'un grand chapiteau de toile blanche, arrimé au cœur de la ville et qui se révélera pendant quelques jours une immense caverne pleine de trésors. Fabuleux trésors que tous ces livres, présentés (il faut le souligner) de face avec leurs couvertures, leurs titres à faire rêver et, surtout, avec le nom de leurs auteurs. Car c'est vers eux, vers ces écrivains, ces écrivants, comme je préfère nous appeler, que le public vient.

« Ah, c'est bien vous… Je vous croyais plus grand, plus vieux, plus jeune, plus sérieux, plus jovial, plus… » C'est ce « plus » de leur imaginaire qu'ils viennent confronter avec une réalité de chair.

C'est aussi un partage, une relation qu'ils souhaitent prolonger au-delà d'une lecture. Et mes collègues écrivants me le confirmeront quand, au cours d'un petit-déjeuner ou d'un repas pris en commun, nous partageons nos sensations, nos sentiments, notre plaisir.

Je sais depuis longtemps qu'un livre s'écrit… à deux, ou même à multiples mains. Un Salon du livre est ce lieu exceptionnel où peuvent se rencontrer les deux auteurs (l'écrivant et le lecteur) ou, je peux même dire, les multiples auteurs d'un même et unique livre.

Je sais de plus en plus que l'écriture est un travail de solitude où se côtoient des enthousiasmes et des doutes, des moments lumineux et des traversées plus sombres. Je voudrais dire avec émotion combien nous avons besoin de cette rencontre avec notre coauteur, besoin d'entendre les échos en lui de nos écrits.

Je découvre avec étonnement et gratitude combien le lecteur avec sa propre créativité, sa liberté intime, s'empare des mots pour aller plus loin. Et aller plus loin en matière de lecture, c'est aller plus près de soi-même.

Quand je signe un ouvrage – et je tiens à offrir à chacun une dédicace personnalisée –, je témoigne à ma façon de cette reconnaissance.

Nous, les auteurs, nous venons dans un Salon pour accompagner et soutenir notre dernier-né. Un nouveau livre est comme un enfant dont il faut tenir la main pour lui permettre de faire ses premiers pas dans la vie.

Je souhaite vraiment que ce type de manifestation se poursuive, qu'elle obtienne les encouragements et le soutien de tous, qu'elle prenne de l'ampleur. Qu'elle suscite, au-delà des rencontres, de nouveaux projets d'écriture, de nouvelles espérances de lecture et, pourquoi pas, de nouveaux horizons de vie.

Tenir un journal intime

Il est à la portée de chacun d'écrire. Cela peut aller d'un mot à une phrase, d'une déclaration d'amour maladroite (ou très adroite) à un réquisitoire serré contre son voisin dont le chien aboie toutes les nuits à 3 h 30 ou d'une réponse à une émission que nous avons vue et qui nous a emballés (ou déplu).

Il est aussi possible de tenir un journal intime à tout âge. Certains commencent à l'adolescence, d'autres plus tard, à l'occasion d'un déménagement, de l'arrivée d'un enfant, d'une rupture, ou encore plus tard quand on veut réfléchir sur sa vie ou laisser une trace de son existence.

Un journal intime – comme son nom ne semble pas l'indiquer – est un journal où il est possible de tout dire, l'intimité bien sûr et tout le reste. De pouvoir se dire à soi-même, c'est le plus difficile. De prendre le risque de s'entendre, de s'écouter et surtout de mieux se comprendre. C'est un des enjeux de l'écriture personnelle, une écriture qui ne cherche pas nécessairement un lecteur, mais qui nous permet de devenir un interlocuteur à part entière, conscient, exigeant, soutenant et fidèle à celui qui écrit.

Se relire pour s'entendre enfin, je veux dire pour saisir parfois le sens d'un comportement. L'écriture a toujours une fonction thérapeutique plus ou moins masquée : elle permet parfois de mieux se comprendre.

Écrire, c'est coucher des mots sur un lit d'air, c'est allumer une lumière d'amour et laisser jouer nos pensées comme des enfants dans le vent du grand large des sensations, des idées, des émotions et des ressentis. C'est laisser se lever un nouveau souffle sur le présent, se réconcilier parfois avec son passé ou tenter d'illuminer un peu plus l'avenir.

Écrire, c'est labourer les dunes du désert et boire l'eau des mirages.

Écrire, c'est marcher sur la fatigue de ses pieds, c'est laisser son empreinte sur le corps de l'aimée et étreindre plus fort un rêve qui tente de se dérober.

Écrire, voyez-vous, c'est mordre l'horizon à pleines dents. C'est vouloir laisser une trace ardente dans l'éphémère de l'instant.

Alors n'hésitez plus, osez déposer un mot, puis un autre. Laissez-les se découvrir, s'apprivoiser, faire l'amour, s'accorder et faire naître entre eux une phrase, puis deux.

N'ayez pas peur des mots, le plus souvent ils vous attendaient avec pudeur ; dans le silence de leurs attentes, ils rêvaient d'être exprimés, ils ne demandaient qu'à se dire, qu'à sortir de vous, qu'à vous accompagner, danser, rêver, se prolonger avec vous.

Et puis, prenez le temps de vous relire, d'ajouter, d'enrichir, d'apporter un autre regard, de nourrir vos écrits de tous vos enthousiasmes à venir.

Écrire, c'est une autre façon de se mettre au monde chaque jour.

Ici vous est offert le berceau pour déposer vos pensées, vos désirs, vos attentes, vos interrogations en mots et pour les transformer en récit, en poème ou en histoire vraie ou inventée, qu'importe !

Écrire, c'est se donner un espace unique pour exister dans la seule liberté qui vaille d'être vécue, la liberté d'être soi.

Lettre de gratitude à mes lecteurs

À vous, mes chers lecteurs
Je vous écris d'un pays lointain et proche à la fois,
celui de ma vulnérabilité et de ma sensibilité,
celui de mes exaltations et de mes doutes dans les ressources infinies,
même si elles sont contradictoires parfois de l'homme que je suis devenu.

Je vous écris à la relève de ce défi silencieux de ma vie,
blotti contre vos encouragements,
la bienveillance de vos regards,
pour vous rendre hommage et me relier à vous.
Je vous écris à partir d'un espace intime
pour vous dire mon enthousiasme à chacune de nos rencontres,
pour vous témoigner combien votre présence m'a permis des ancrages véritables
pour donner à mon existence plus de sens et de consistance.

Quand je songe à vous, à la manière de vous écrire,
j'imagine laisser couler les mots,
se déposer l'accord harmonieux de lettres,
accepter le mouvement de mes élans vers le précieux de vous.
J'aime ainsi me creuser pour accueillir les mots de vos enthousiasmes.
Quand je mets en suspens mes certitudes,
et que je reçois vos interrogations,
je n'ai pas besoin d'atténuer les différences.
Je les entends de vous, je peux les reconnaître en moi.
Quand chacun accède au désir de dire en son nom
Quand un mot qui m'anime s'amplifie
pour se déposer au recevoir de vous, il devient un acte ;
Et quand il franchise le cœur, il devient un germe.

C'est ainsi que je vous écris, avec les mots de la vie,
en ouvrant les chemins insoupçonnés vers le meilleur de moi,
pour attendre le meilleur de l'autre, de vous parfois.

Écrire, c'est me mettre au monde,
avec parfois un seul mot, une seule phrase et d'autres fois avec des milliers de pages.
Écrire, c'est une part de moi-même vitale et essentielle,
devenue une lumière qui éclaire les moments labyrinthiques de ma quête existentielle.
Écrire, c'est tenter de me dire
au plus près de mes découvertes, au plus loin de mes possibles,
essayer ainsi de vous rejoindre
au plus proche de votre écoute, au plus sensible de votre ouverture.

J'écris avec le plaisir de vous parler,
de vous transmettre un message parfois personnel et intime,
et d'autres parfois plus ouverts, provocateurs, graves ou fantaisistes,
vous inviter à la communication comme une mise en commun,
comme un partage sans réserve non pas de ce que l'on sait, voit ou entend,
mais de ce que l'on sent, perçoit et découvre dans la profondeur de l'écoute de soi.
J'écris avec des sentiments, des ressentis,
avec l'impalpable d'une émotion,
avec le bleu du ciel ou de l'âme,
avec le gris d'un nuage ou porté par le rayon du soleil,
avec le sourire seulement entrevu et destiné à vous,
pour grandir sans cesse le vivant de la vie qui est en nous.

Un livre a toujours de multiples auteurs : celui qui l'écrit et ceux qui le lisent,
qui le prolongent ou le reconstruisent à leur façon,
ou encore qui l'oublient pour le retrouver plus tard et l'entendre enfin.
Il y a ceux aussi qui prennent le temps de le laisser germer puis de l'amplifier.

Il y a encore ceux qui vont voyager longtemps avec, pour le faire découvrir à leurs amis.
À vous mes chers lecteurs-auteurs, ma gratitude, prolongeant la vie.
Avoir osé se rencontrer, partager,
entrer dans l'inattendu d'un mot,
dans l'imprévisible d'un regard,
et parfois se laisser toucher par la résonance de ma voix qui vous a rejoints dans l'essentiel.
Avoir accepté l'invitation à se respecter mutuellement,
et oser ainsi aller plus loin, plus près du merveilleux de chacun d'entre nous.

Ainsi, je continue d'écrire,
c'est le défi que je me donne
pour illuminer les étoiles de l'espoir,
pour vous permettre de sourire, de grandir de l'intérieur,
d'aller au-delà de certains doutes, désespérances et croyances,
d'oser des regards confiants vers vous-même,
de bâtir des relations plus saines,
de devenir ainsi coauteur de votre vie,
de sentir qu'elle vaut la peine d'être vécue à pleine Vie !

J'écris dans le plaisir de toutes nos rencontres à venir.

COMMUNIQUER
pour mieux vivre

Communiquer, c'est mettre en commun

« Nous devons être les serviteurs du sens et non les esclaves d'informations reçues. »

YVAN AMAR

Ça fait bientôt un demi-siècle que je parle de communication relationnelle, que j'insiste sur la nécessité de mettre en place une écologie relationnelle, et aujourd'hui encore on me demande souvent : « Mais que serait pour vous une vraie communication ? »

Au risque de me répéter, je voudrais rappeler que communiquer, dans le domaine des relations humaines, signifie « mettre en commun » et que la question la plus importante à cet égard devrait être : « Mettre en commun quoi ? » Est-ce que je vais mettre en commun des plaintes, des reproches, des accusations qui peuvent dévitaliser les relations dans lesquelles je suis engagé ou est-ce que je vais plutôt mettre en commun des stimulations, des invitations, des confirmations qui vont nourrir et dynamiser les relations qui sont essentielles pour moi ? Répondre à cette question permettrait de prendre soin avec plus de rigueur et de bienveillance des grandes relations qui tissent notre existence. Je fais allusion ici aux relations essentielles qui nous relient aux autres et à l'ensemble de l'univers.

Pour mieux prendre conscience de ce fait, je vous invite à accorder plus de soin aux interrogations suivantes : comment se créent, se dynamisent et se construisent nos relations tout au long de notre existence ? Nous serions alors à même de découvrir qu'il y a un important « nettoyage de la tuyauterie relationnelle » à faire dans l'une ou l'autre de ces relations, dont certaines nous ont parfois beaucoup pollués, violentés ou blessés et dont nous gardons la trace longtemps en nous. Ces grandes relations, qui tissent notre existence et pour lesquelles justement il y aurait un nettoyage, des réajustements à faire, sont: les relations filiales, les relations scolaires, les relations amoureuses, les relations parentales, les relations personnelles, les relations professionnelles, la relation à soi, la relation à la planète Terre et, pour certains, la relation au divin.

Je prétends qu'un des enjeux majeurs de notre existence est de clarifier au mieux chacune de ces relations, de les assainir, de les dégager des multiples contentieux qui ont pu les maltraiter afin de nous réconcilier ainsi, avec le meilleur de nous, pour pouvoir le partager avec le meilleur de l'autre.

« Dans ce que tu dis, voici ce que j'ai entendu »

Communiquer se fait autour de deux possibles, de préférence en réciprocité, c'est-à-dire valables pour moi et aussi pour l'autre : pouvoir me dire d'une part, et me sentir entendu d'autre part. Pouvoir me dire dans différents registres : celui de mes idées, celui des faits qui traversent mon existence, celui du ressenti ou du vécu qui sont les miens, celui des émotions qui m'agitent ou du retentissement qui est réveillé en moi par l'échange dans lequel je suis. Pouvoir me sentir entendu dans le même registre dans lequel je parle : par exemple, si j'exprime un de mes ressentis, je veux être entendu dans ce ressenti, même si l'autre n'éprouve pas ce même ressenti.

Il faut savoir que la partie aveugle de la communication est l'écoute. Nous avons du mal à écouter. Écouter et entendre supposent être capable de se décentrer et de ne pas ramener à soi ce que nous dit l'autre. Car trop souvent, dans un échange, ce que nous dit l'autre résonne ou retentit sur quelque chose de notre histoire ou de nos expériences. À ce moment-là, nous avons tendance à parler ou à nous défendre et donc à recouvrir parfois, par notre propre discours, ce que tente de nous dire celui qui est en face de nous. « Je viens d'apprendre que mon meilleur ami a eu un accident d'auto... » « Ah oui, nous répond l'autre, moi aussi, il y a deux ans j'ai failli y passer. » Mais l'important ici n'est pas l'accident de mon ami ni celui de l'autre, c'est ce qui est touché en moi par l'accident de mon ami, ce qui fait que j'éprouve le besoin d'en parler.

N'oublions pas non plus que, dans tout échange, il convient de ne pas confondre la mise en mots et la mise en cause. « Au moment où je tente de te dire ce que j'ai senti ou ce que j'ai éprouvé hier soir quand tu as parlé de notre intimité à nos amis, ce n'est pas toi que je mets en cause, c'est ce qui a été blessé en moi que j'ai envie de partager avec toi. Si tu te défends tout de suite, je ne peux pas me dire. »

C'est un des malentendus les plus fréquents dans la vie de couple, malentendu qui nous fait éprouver ce sentiment douloureux, celui de se sentir rarement entendu par la personne la plus proche de nous.

Être capable d'une écoute active, c'est manifester une écoute centrée sur la personne qui parle et non sur le problème ou sur le discours. Avec les enfants par exemple, ce n'est pas ce qu'ils ont fait ou n'ont pas fait qui est le plus important, c'est comment ils l'ont vécu.

« Je suis inquiète, ma mère est allée consulter un médecin et il pense qu'elle a un cancer… » L'essentiel de ce que cette personne me dit, c'est son inquiétude, ce qui résonne en elle dans son imaginaire, dans son histoire d'ex-petite fille, par rapport au cancer à venir de sa mère. Et c'est dans ce registre, le registre du ressenti, qu'elle souhaite être entendue.

La qualité et la profondeur d'un échange dépendent de ce que j'appelle l'« écoute participative », c'est-à-dire le fait de pouvoir « re-donner », reformuler à celui qui parle ce qu'il vient de nous dire : « Dans ce que tu dis, voici ce que j'ai entendu. » Cela permet d'éviter les distorsions entre ce qui est exprimé et ce qui est reçu par celui qui écoute.

Toute communication interpersonnelle se fait autour de quatre points, essentiels à une communication « pleine » :

- ∞ oser demander
- ∞ oser donner
- ∞ oser recevoir
- ∞ oser refuser

Quand l'un de ces points manque, la communication est incomplète et le plus souvent la relation est en souffrance.

Pour un nettoyage de notre tuyauterie relationnelle

Il y a un parallèle étonnant entre des relations privilégiées et notre état de santé. Il y a des liens puissants entre la qualité des relations significatives de notre vie (avec les parents, à l'école, dans le couple, au travail, avec soi) et l'état de notre bien-être physique, c'est-à-dire de notre santé.

En fait, quand il y a le silence des mots, se réveille la violence des maux. Autrement dit, ce que je ne peux résoudre ou dépasser dans certains échanges, ce qui me déséquilibre, ce qui fait que je me sens dépendant, aliéné parfois dans une relation, peut se traduire par une mise en maux, par des accidents, par des dysfonctionnements au niveau de mes organes vitaux (cœur, foie, estomac, dos, vessie, locomotion, etc.). Ou pour le dire autrement : les maladies sont des langages symboliques, métaphoriques, par lesquels notre corps tente de nous parler, de crier l'indicible ou l'insupportable.

C'est pour cela que j'invite à ce nettoyage de la tuyauterie relationnelle dont j'ai parlé dans un texte antérieur (voir « Communiquer, c'est mettre en commun »), nettoyage indispensable dans l'une ou l'autre des relations significatives de notre vie. Nettoyage qui permettra en particulier de remettre chez l'autre les messages toxiques qu'il a pu déposer sur nous, de lui restituer symboliquement (à l'aide d'un objet et d'un mot explicitant qu'il s'agit d'une démarche symbolique) la violence des comportements, des gestes, des attitudes qu'il a pu avoir envers nous. Cette démarche me semble essentielle, car elle permet de retrouver de l'énergie, de régénérer l'image de soi, de retrouver de la confiance, de se réapproprier l'estime de soi et d'agrandir en nous l'amour de soi.

Pour procéder à ce nettoyage, en d'autres termes pour prendre soin de nos besoins relationnels, il convient d'abord de ne pas confondre nos désirs et nos besoins. Car nous avons trop souvent tendance à privilégier nos désirs au détriment de nos besoins réels.

Il s'agit ensuite de mieux comprendre qu'il y a différentes sortes de besoins : les besoins vitaux de survie (manger, boire, dormir, se vêtir, être en sécurité physique...) et les besoins relationnels ; ce sont ces derniers qui vont nous permettre de nous relier aux autres, d'avoir une place dans la communauté humaine.

Je rappelle ici brièvement les sept grands besoins relationnels qui tissent notre existence et notre relation aux autres :

- besoin de se dire : avec des mots à moi ;
- besoin d'être entendu : dans le registre dans lequel je parle ;
- besoin d'être reconnu : tel que je suis et non tel que l'autre me voudrait ;
- besoin d'être valorisé : avoir le sentiment que j'ai une valeur ;
- besoin d'intimité : respect de mes croyances, de mes valeurs, de mon territoire, de mon temps ;
- besoin d'influencer et de créer : exercer un changement possible sur mon environnement (besoin aujourd'hui très maltraité : nous sommes trop souvent des consommateurs manipulés, des citoyens sous-informés...) ;
- besoin de rêver : anticiper que toute relation peut s'améliorer.

Il est possible que nous ayons, les uns et les autres, d'autres besoins, mais il me semble que les besoins dont je viens de parler sont au cœur de notre existence et que leur méconnaissance ou leur maltraitance peuvent provoquer de sérieux troubles dans notre personnalité et dans nos relations.

Deux démarches essentielles

Pour accéder à des relations de qualité, susceptibles de favoriser l'épanouissement de chacun, deux démarches sont essentielles.

- ∞ Actualiser notre capacité de changer afin de sortir du piège le plus fréquent en matière de communication, l'accusation de l'autre (« c'est ta faute, tu ne comprends rien, tu veux toujours avoir raison ») ou l'autoaccusation (« oui, mais, moi, je n'ai pas reçu l'éducation que tu as eue, mes parents à la différence des tiens ont divorcé, je n'ai pas eu l'environnement favorable qui a stimulé mes ressources »).
- ∞ Commencer un travail personnel pour découvrir qu'il est possible à tout âge d'apprendre à communiquer, c'est-à-dire à mettre en commun. Ainsi, nous pourrons intérioriser quelques outils, intégrer quelques règles d'hygiène relationnelle qui sont non seulement accessibles à chacun, mais transmissibles. Par exemple, découvrir que nous sommes toujours trois dans un échange : l'autre, moi et la relation qui nous relie. Et que cette relation a deux bouts : je suis responsable de mon bout et l'autre du sien !

C'est là ce que j'enseigne sous le nom de la Méthode ESPERE®. Le mot ESPERE est un acronyme qui signifie : Énergie Spécifique pour une Écologie Relationnelle Essentielle. Les mots clés sont : Écologie Relationnelle, c'est-à-dire avoir des relations en réciprocité, gagnant-gagnant, où chacun des protagonistes peut recevoir et donner, accepter ou refuser, se positionner et se définir, affirmer ses idées, ses croyances, son vécu, énoncer son ressenti et ses sentiments réels.

Nous sommes des infirmes de la communication

Nous souffrons aujourd'hui de beaucoup de choses, mais il me semble que la souffrance la plus récente, la plus présente, sous-jacente à toutes les autres, c'est la conscience de plus en plus évidente que nous sommes seuls, que nous ne pouvons compter que sur nous-mêmes. Que les recours sur lesquels autrefois nous pouvions nous appuyer (croyances religieuses, famille, environnement proche, appartenance communautaire) se sont délités, ne sont plus fiables.

Il y a bien évidemment une perte de repères, un manque de valeurs structurantes (la valeur dominante aujourd'hui semble être la transgression), une solitude en miroir (la pire des solitudes n'est pas d'être seul, c'est de s'ennuyer en sa propre compagnie, car le plus souvent, on ne supporte plus la personne qu'on est devenu !).

Nous souffrons principalement d'un mal-être, d'une souffrance latente, silencieuse, engendrée par une non-réponse de notre environnement proche (famille, école, société) à nos besoins relationnels vitaux. Nous vivons dans une société de consommation où de nombreux désirs peuvent être rapidement satisfaits (quand on en a les moyens financiers !), mais où il y a, paradoxalement, une méconnaissance grave du besoin de se dire. Se dire avec des mots à soi et non avec des mots en conserve véhiculés par les médias. Il y a également des manques profonds autour du besoin d'être entendu. Bénéficier d'une écoute présente, c'est avoir la possibilité de me dire et d'être entendu dans le registre dans lequel je m'exprime et non dans celui qui convient à l'autre.

L'origine la plus parlante de la souffrance se trouve dans un manque de repères. Chez l'enfant ou chez l'adulte, s'il y a une angoisse persistante (en dehors d'une angoisse saine qui nous dynamise), c'est qu'il y a eu une carence dans les repères et les réponses de l'environnement proche ou social. Un manque d'ancrage, de repères stables et de confrontation. Pour ma part, je situe la source de ces manques à un moment précis de notre croissance. Il y a un stade dans le développement d'un être humain qui est fondamental et qui structure par la suite sa relation au monde. J'appelle cette séquence le « sevrage relationnel ».

Ce sevrage arrive quand un bébé ou un petit enfant, qui pouvait s'imaginer qu'il est le centre du monde puisque tout tournait autour de lui, avec une maman comblante, disponible, gratifiante, entièrement à son service, va découvrir qu'il a aussi une mère, une personne qui va le frustrer, va différer ses satisfactions, va le confronter à une réalité qui pose des limites et des interdits. J'invite le lecteur à bien identifier les deux rôles : la maman sera celle qui répond aux désirs, la mère sera celle qui répond aux besoins.

Or, il se trouve que, depuis quelques décennies, les parents répondent surtout aux désirs de l'enfant en oubliant que, dans ce rôle, ils sont là d'abord pour répondre aux besoins de l'enfant. Beaucoup d'angoisses visibles et moins visibles sont aujourd'hui liées au terrorisme du désir qui s'impose à l'enfant et à son entourage ; ce dernier se sent dépassé par l'ampleur des désirs et ne peut plus y répondre. Car un cercle vicieux s'installe : plus vous répondez aux désirs, moins ils sont comblés, étant donné qu'ils sont insatiables, et moins les besoins vitaux sont satisfaits. Voilà la double origine de l'angoisse qui va créer à plus long terme la souffrance : des désirs jamais rassasiés, des besoins non satisfaits qui engendrent des doutes, de la non-confiance, du non-amour pour soi. Si l'on ajoute une vision floue de l'avenir, un avenir qui s'annonce plein de violences et dont la maîtrise nous échappe, nous voyons que tout cela peut favoriser et majorer les angoisses existentielles des jeunes et des adultes.

Que ce soit en France, en Afrique du Nord, au Québec ou au Japon, où j'ai eu l'occasion d'intervenir, je constate en fait les mêmes carences, sous des formes différentes. Dans le monde entier, je constate que nous, les êtres humains, nous sommes des infirmes de la communication…

L'ère de la communication de consommation

Aujourd'hui plus que jamais, la liberté d'expression nous est offerte... Mais pour dire quoi ? À qui ? Et à quel risque ?

Depuis quelques décennies, nous confondons la possibilité de nous exprimer et la pratique de communiquer. Plus que par le passé, nous nous exprimons avec une liberté étonnante, dans beaucoup de domaines et de directions, à tout instant, sur n'importe quel sujet, en tous lieux. Il n'est plus possible de marcher dans la rue, de voyager en transport en commun, de faire la queue à la caisse d'un magasin, sans voir autour de nous quantité d'« accros » du cellulaire, la main contre une oreille, l'autre faisant de grands gestes pour mieux expliquer, convaincre ou simplement argumenter vis-à-vis d'un interlocuteur qui se trouve parfois à des milliers de kilomètres (ou encore, à quelques pas) d'eux !

Nous avons les moyens de nous exprimer beaucoup et souvent, mais il n'est pas certain que nous savons communiquer mieux... La communication fait appel à d'autres capacités ; elle s'appuie sur une mise en commun autour du demander, du donner, du recevoir et du refuser. Communiquer suppose une alternance de l'écoute et du dire, une réciprocité dans la disponibilité, la possibilité de créer un lien qui pourra se transformer en relation et s'inscrire éventuellement dans la durée.

Aujourd'hui, il y a le risque d'une communication formatée, en conserve, prédigérée, mais qui se révèle le plus souvent très éloignée de nos attentes réelles. Je vous invite à vous imaginer, par exemple, ce que l'on pourrait entendre sur le répondeur automatique de certains... grands-parents.

« Bonjour. Nous ne sommes pas là pour le moment. Merci de nous laisser un message après le bip sonore, en respectant les indications suivantes :

∞ si vous êtes l'un de nos enfants, faites le 1 ;
∞ si vous avez besoin qu'on vous garde l'un ou l'autre de vos enfants, faites le 2, puis précisez leur prénom ;
∞ si vous souhaitez qu'on vous prête la voiture, faites le 3, puis indiquez la durée de votre déplacement ;
∞ si vous voulez qu'on lave et repasse votre linge, faites le 4 ;
∞ si vous voulez que les petits dorment à la maison, faites le 5, puis dites quelle nuit ;
∞ si vous voulez qu'on aille chercher vos enfants à l'école, faites le 6 ;
∞ si vous voulez qu'on vous prépare un gâteau pour dimanche prochain, faites le 7 ;
∞ si vous voulez venir tous manger à la maison en soirée, faites le 8, puis dites le jour et le nombre de personnes ;
∞ si vous avez besoin d'argent, faites le 9, puis indiquez le montant ;
∞ maintenant, si vous êtes seulement un de nos amis, vous pouvez parler à votre convenance. »

Nous rencontrons parfois sur certains répondeurs des messages qui tournent en boucle et qui nous désespèrent : ils nous donnent le sentiment désagréable de ne pas exister comme personne, de perdre notre temps. Que de frustrations. Car après avoir fait le 1, le 2, le 3 et le 4, nous retombons sur le 1 qui nous donne des informations très précieuses sur le 2, le 3 et le 4, sans apporter de réponse à notre question.

Peut-être est-ce le temps de revenir à une communication plus relationnelle, une communication qui nous relie, nous prolonge, nous agrandit et nous confirme que nous sommes des êtres de cœur, d'esprit et de corps.

LE COUPLE, *toujours le couple…*

Communiquer semble souvent difficile, pourquoi ?

Dans notre culture, la communication est considérée comme quelque chose de naturel, de spontané, comme allant de soi. Et pourtant, nous voyons combien il nous est difficile de construire et de garder vivante une relation. Qu'au-delà d'une expression possible d'un vécu, d'un ressenti ou d'une idée, de multiples obstacles nuisent au partage. Qu'en plus de manifester une présence accueillante, il est nécessaire de rassembler dans une rencontre une grande disponibilité à l'écoute, au recevoir, et surtout de prêter attention à la personne pour mieux entendre ce qui est touché en elle. Nous découvrons ainsi que nous sommes de véritables infirmes relationnels et que nous osons peu nous ouvrir à une démarche de responsabilisation de soi.

Je tenterai ici en quelques lignes (trop succinctes), en m'appuyant sur mon expérience de formateur en relations humaines, de dresser un tableau de situations qui confirment la difficulté de communiquer, soit de « mettre en commun ».

Il est facile de constater autour de nous que certaines personnes ont un quotient relationnel bas, fait d'évitements ou de fuite dans la plaisanterie, chaque fois que quelqu'un aborde devant elles un sujet personnel ou sensible. Beaucoup de personnes ont reçu dans leur enfance des violences, ont vécu des interdits ; elles ont engrangé des censures et des inhibitions. Ce qui fait que, à l'âge adulte, il leur est difficile de s'exprimer, de se dire, de se dévoiler, d'oser partager avec d'autres ce qui les habite ou les préoccupe… Il y a parfois toute une éducation relationnelle à entreprendre pour oser demander, donner, recevoir ou refuser, qui sont les quatre piliers d'une communication créative et vivante.

La difficulté de communiquer semble plus difficile dans un couple. Car passer de la rencontre amoureuse à la relation de couple suppose au moins quatre conditions qui ne sont pas toujours présentes chez les deux partenaires :

- capacité à s'allier (et pour cela, encore faut-il être délié des relations significatives antérieures : papa ou maman, précédent amour, etc.) ;
- capacité à s'engager (et pour cela, avoir une autonomie affective et matérielle suffisante pour ne pas faire dépendre la satisfaction de ses besoins – ou de ses désirs – entièrement de l'autre) ;
- capacité à se projeter dans l'avenir (anticipation d'une vie en commun autour d'un rêve de vie que l'on propose à l'autre et qui va rencontrer le sien ou pas) ;
- capacité à se proposer au-delà de l'amour une relation vivante et stimulante pour chacun (dans laquelle les messages positifs vont dominer sur les messages négatifs).

De plus, la relation de proximité et d'intimité va réveiller paradoxalement les vieilles blessures de l'enfance, ce qui fait qu'il n'y a plus deux adultes en présence, mais un adulte (parfois) et un ex-enfant (souvent).

En fait, nous arrivons dans la vie de couple comme des prématurés de la relation intime ; nous nous engageons dans une relation alors que la mise en commun nécessaire (pouvoir se dire et être entendu) est inexistante et que l'équilibre indispensable entre demander, donner, recevoir et refuser (qui sont les quatre piliers d'une relation vivante) est à construire au quotidien.

Des règles d'hygiène relationnelle

Communiquer en couple n'est pas une question d'intentionnalité, mais de mise en application de quelques règles d'hygiène relationnelle concrètes.

J'entends dans les témoignages reçus que c'est plus facile de communiquer entre amis. Paradoxalement, cela semble plus facile quand il s'agit d'une amitié réelle, ancienne ou récente, mais fondée sur le non-jugement, sur l'acceptation inconditionnelle de l'autre, sur le sentiment que cet ami, cette amie ne nous fera pas défaut, qu'il saura répondre présent à nos attentes sans se laisser blesser par nos contradictions.

Dans l'amitié, les enjeux de pouvoir sont réduits au minimum. Les rôles sont établis depuis longtemps et acceptés de part et d'autre, ce qui n'est pas le cas de la communication en couple. Nous avons peur de blesser l'autre, de perdre son amour, de ne pas être compris ; c'est ainsi que circulent beaucoup de non-dits dans les couples. Ce sont ces interdits silencieux qui vont polluer à la longue une relation qui, à petits pas, va se dévitaliser.

Quand l'incommunication s'est installée entre deux êtres, pour la restaurer, cela suppose d'une part une intention et d'autre part le désir de se dire et d'écouter des deux partenaires. Ils peuvent faire une première démarche qui consiste à répondre aux énoncés suivants (d'abord chacun séparément, puis en les confrontant).

- ∞ Quelles sont les attentes les plus importantes que j'ai à ton égard ?
- ∞ Quels sont les apports que j'ai à t'offrir (à toi seul et pas à un autre) ?

- Quelles sont mes zones d'intolérance et de vulnérabilité ? Quels sont les points sensibles qui, lorsqu'ils sont touchés, me blessent, me déstabilisent ou me font sauter au plafond ?

À partir de là, le couple peut constater qu'il y a beaucoup (ou peu) de points de convergence entre apports et attentes, entre attentes et zones d'intolérance…

Il peut ensuite commencer à respecter quelques règles d'hygiène relationnelle :

- ne pas parler sur l'autre, mais parler à l'autre (cela veut dire parler de soi) ;
- ne pas discuter, dévaloriser ou minimiser le ressenti et les croyances de l'autre (ressentis et croyances lui appartiennent, même si nous n'avons pas les mêmes) ;
- essayer chaque fois que cela est possible d'exprimer au-delà des faits le vécu qui s'y rattache, car ce n'est pas ce qui s'est passé qui est important, c'est comment cela a été vécu, perçu par chacun des protagonistes ;
- oser demander en prenant le risque de la réponse de l'autre (et ne pas la tenir pour acquise parce qu'il est censé nous aimer !) ;
- oser dire non quand ce que nous propose ou nous dit l'autre ne correspond pas à nos attentes ou nos valeurs.

Les règles d'hygiène relationnelle, qui constituent le corps de la Méthode ESPERE® que j'ai développée depuis plus de quarante ans, paraissent simples dans leur énoncé (beaucoup de personnes se disent qu'elles sont trop simplistes pour que ça marche), mais une fois mises en pratique (ce qui est plus courageux !), elles bouleversent les habitudes de pensée, une grande partie de nos structures mentales et nos représentations dans le domaine des relations humaines et de la communication.

Vivre en couple dans la durée, c'est possible !

Apprendre à vivre en couple dans la durée suppose pour chacun des partenaires, au-delà des sentiments (en réciprocité de préférence), de s'engager à respecter quelques règles d'hygiène relationnelle pour nourrir et vivifier la relation qui leur permettra, d'une part, de pouvoir se dire et d'être entendu, et, d'autre part, de croître, de grandir intérieurement avec le meilleur de soi afin de pouvoir rencontrer le meilleur de l'autre. C'est la mise en pratique au quotidien (à table, dans le lit conjugal, dans la salle de bain ou dans la voiture qui descend vers le Midi des vacances) de balises relationnelles élémentaires qui favoriseront des relations vivantes et durables dans un couple.

Les règles d'hygiène relationnelle que je propose sont accessibles à tous ceux qui ont découvert que ce n'est pas l'amour qui maintient deux êtres ensemble dans la durée, mais la qualité des échanges et des partages, qualité fondée sur l'acceptation d'une mise en mots non seulement des faits (que s'est-il passé pour toi, pour moi ?), mais aussi des ressentis (qu'est-ce que j'ai éprouvé, vécu ?), des ressentiments (voici ce à quoi, dans mes expériences passées, cela m'a renvoyé) et de mon imaginaire, voire de mes fantasmes (voici ce que tout cela a restimulé de mes rêves, désirs, peurs).

Ces règles sont transmissibles et chacun peut se les approprier à son rythme, selon sa sensibilité et sa disponibilité. Elles sont à découvrir en commun, si le projet de les apprendre, de les intérioriser et de se les proposer mutuellement est présent pour chacun des partenaires. Cela tout en sachant que la mise en application supposera le désir, chez l'un et chez l'autre, d'établir des échanges en réciprocité, sans relation dominant-dominé, sans collaboration à des scénarios récurrents qui visent à imposer ses désirs ou à déposer ses peurs sur l'autre, sans le déposséder de sa parole, de ses idées, de ses ressentis ou de ses projets. Cela suppose aussi de veiller à renoncer à nourrir des affrontements « énergétivores » ou des oppositions stériles afin de favoriser une mise en commun ouverte sur les possibles, les ressources et les limites de chacun, afin aussi de pouvoir témoigner des différences et des zones d'intolérance présentes à certains moments de la vie d'un couple.

Vivre en couple, c'est envisager de partager un projet de vie en général sur un territoire commun, de s'ouvrir à une vie intime qui suppose des rencontres et un engagement sexuels, de créer une entité économique nouvelle et bien d'autres enjeux. Cela veut dire aussi de tenter de passer (ou non) d'une relation à deux à une relation plus élargie en donnant vie à des enfants et donc à constituer (ou pas), au-delà du couple, une famille.

Autant de chemins qui seront à découvrir, à approfondir par une mise en commun ouverte (le sens du mot « communication »), suffisamment libre et dans une réciprocité le plus ouverte possible ! Cela implique de prendre soin de la qualité des échanges, en particulier des besoins relationnels élémentaires de chacun : besoin de se dire, d'être entendu, d'être reconnu, d'être valorisé, d'avoir une influence possible sur l'environnement, de se sentir respecté dans son intimité et de pouvoir rêver ensemble.

La difficulté principale pour beaucoup d'hommes et de femmes résidera dans le fait qu'ils « arrivent » dans les possibles d'une vie à deux sans avoir une « attentivité » suffisante aux zones de vulnérabilité de l'autre. Certes, chacun peut avoir des intentions positives, de la bonne volonté, des sentiments qui sont réels et présents. Cependant, combien de fois chacun va-t-il se sentir démuni ou impuissant face à un comportement réactionnel qui les surprend, déclenché souvent par le réveil de blessures anciennes ?

Il appartiendra donc à chacun d'apprendre et de mettre en pratique des outils et des repères clairs, dans le respect des attentes, des apports et des zones d'intolérance de l'autre, et de construire une relation spécifique : celle de deux êtres qui s'engagent l'un vers l'autre dans une relation de durée. Mentionnons certains de ces outils.

- ∞ Se rappeler que, dans chaque échange, nous sommes toujours trois : l'autre, moi et la relation qui nous relie. Que cette relation, si elle est importante pour l'un et pour l'autre, a des besoins spécifiques, parfois bien différents des besoins particuliers de chacun des partenaires. Que cette relation doit être protégée, entretenue, vivifiée. Qu'il convient de prendre soin d'elle et d'éviter de déposer des injonctions, des menaces, des dévalorisations ou des culpabilisations… sur l'autre !
- ∞ Accepter une alternance des positions d'influence. Si c'est toujours le même qui prend les décisions, qui engage l'autre, qui décide pour lui, la relation va se stériliser, va se dévitaliser en quelques années !
- ∞ Mieux différencier « désir vers l'autre » et « désir sur l'autre ». En déposant sur l'autre nos propres demandes et nos propres désirs, en lui faisant croire « que s'il nous aimait vraiment, il devrait se sentir responsable de la satisfaction de nos besoins, de nos désirs », nous nous trouvons à pratiquer du « terrorisme relationnel ». Au nom de l'amour, nous pouvons imposer à l'autre une relation chargée de trop de négativité, qui lui paraîtra rapidement insupportable !
- ∞ Être capable, pour chacun des partenaires d'une relation conjugale, de définir ses attentes, ses apports et ses zones de vulnérabilité. Vérifier ainsi si les attentes de l'un s'accordent avec… les apports de l'autre. Sans se déposer dans les zones de vulnérabilité de l'autre !
- ∞ Éviter de confondre les sentiments et la relation. En effet, il est possible d'aimer très fort son partenaire et de lui proposer néanmoins une relation qui ne réponde pas à ses attentes ou à ses valeurs, ce qui en fera une relation invivable au quotidien, dans la durée !

J'invite ceux qui envisagent de tenter l'aventure du couple à échanger, à partager, à confronter leurs imaginaires et leurs positions personnelles autour de chacun de ces éléments. Prendre conscience des points de convergence ou de divergence ou encore des seuils d'intolérance qui peuvent exister. Vivre en couple est une expérience centrale, merveilleuse, ouverte sur des découvertes qui sont semblables à des mises au monde. Mais nous savons aussi que toute relation conjugale peut se charger rapidement de contentieux et être éprouvante pour ses partenaires (et non seulement pour eux). C'est un creuset d'évolutions et de changements extraordinaires qui ne se font pas au même rythme, en même temps ou dans la même direction.

Gardons-nous d'oublier que le couple reste la cellule de base sur laquelle peut se construire, à travers une création commune que sont des enfants, l'espoir d'un avenir meilleur ! Apprenons à vivre le couple au présent avec, au-delà des sentiments, des relations de qualité accompagnées d'un maximum d'enthousiasme et de… vigilance !

Rappelons-nous que le plus important dans une rencontre amoureuse n'est pas tant de rendre l'autre heureux, mais d'être capable de se rendre heureux avec l'autre et de lui offrir au quotidien son propre bonheur…

Où en sommes-nous aujourd'hui, femmes et hommes, de notre sexualité ?

Tout d'abord, il faut dire qu'il y a au moins deux sexualités : celle des femmes et celle des hommes !

Celle des femmes me paraît aujourd'hui en expansion, dans le sens où les femmes n'hésitent pas à se montrer désirantes et demandantes. Elles témoignent de leur appétence sexuelle avec une plus grande liberté que les femmes de mes premières amours…

Leur exigence est grande. Elles cherchent à trouver non seulement du plaisir, un partage émotionnel, sensuel et sexuel, mais aussi et surtout un partenaire relationnel, avec lequel il serait possible d'échanger, de dialoguer, d'oser se dire et d'être entendues ! Elles n'hésitent pas à dépasser leurs difficultés en consultant des groupes d'éveil ou de sensibilisation aux relations humaines ou en y participant !

Dans les témoignages que je reçois, les femmes mentionnent aussi des étonnements et des surprises proches de la déception. Elles sont confrontées à des frustrations devant le comportement parfois « rustique » – pour ne pas dire primaire – de certains hommes. « Peu de préliminaires, pas de mise en relation, le souci de passer rapidement à l'acte et l'angoisse souvent présente de ne pas être suffisamment performant. » « Une difficulté pour beaucoup à témoigner de sentiments ou tout au moins de ressentis bienveillants… »

Ce qu'il est convenu d'appeler la révolution sexuelle des années 1970 à 1990 a surtout bénéficié, dans un premier temps, aux hommes qui ont vu leur champ d'action s'ouvrir à une consommation effrénée, mais pas pour autant plus satisfaisante pour leur partenaire.

Les hommes se disent peu dans ce domaine, n'expriment pas beaucoup leurs inquiétudes et leurs doutes, encore moins leurs carences (peu d'appétence, impuissance, éjaculation précoce, prématurée ou épuisée !). Sont très rares ceux qui osent témoigner d'un vécu, qui parlent à leur partenaire de leurs propres désirs, qui partagent en toute liberté les plaisirs réciproques, qui apprivoisent les parties intimes de leur corps.

Voici le témoignage reçu récemment de la part d'un homme.

> Monsieur Salomé,
>
> J'ai regardé avec attention votre vidéo sur le sujet des « femmes fontaines ». Puis j'ai repris la lecture de votre ouvrage *L'effet source*. C'est super de voir que de plus en plus de gens en parlent. Et, de surcroît, un homme avec autant d'éloquence. Je ne parle jamais de ce sujet de peur de passer pour un prétentieux. Je suis un homme de cinquante et un ans, et j'ai connu ce phénomène il y a une quinzaine d'années. Aujourd'hui, je suis persuadé que toutes les femmes ont ce potentiel, si je peux le qualifier ainsi. Je suis très instable et j'enchaîne les conquêtes (je n'en suis pas fier, mais c'est comme ça). Je peux vous certifier qu'au moins sept sur dix des femmes que je rencontre sont ou deviennent « fontaines ». Je voulais seulement dire, avec mon témoignage, que c'est tout à fait possible, même si le « sourcier » (comme vous dites) n'est pas forcément amoureux. J'aimerais ajouter et insister sur le fait que toutes les femmes qui le deviennent pensaient pourtant avoir connu l'orgasme ou la jouissance. Elles sont vraiment étonnées de ce qui leur arrive. C'est, pour moi, la première fois que j'en parle ! Si ce témoignage peut servir à quelque chose !!!
>
> Bien à vous.
>
> A.V.

Il me semble qu'il y a encore beaucoup, beaucoup de chemin à parcourir pour accéder à une co-naissance de la sexualité de chacun qui permette non seulement des découvertes mutuelles, mais aussi un épanouissement, un accomplissement sexuel pour chacun des partenaires.

Dire que la révolution sexuelle a avorté semblera excessif à certains, mais les témoignages sont nombreux et récurrents pour dire la misère de certains couples sur ce plan. Il y a un appauvrissement de la relation intime et peu de rencontres dans un corps à corps où les désirs peuvent se rencontrer, s'agrandir, se magnifier mutuellement.

La sexualité aujourd'hui repose encore, me semble-t-il, sur trop d'angoisses. L'angoisse chez la femme de ne pas savoir accueillir, amplifier, de ne pas savoir s'abandonner. La peur d'être abandonnée est à l'origine de la plupart des difficultés à se laisser aimer et, donc, de la difficulté à s'abandonner pour accéder au plaisir.

L'angoisse chez l'homme est de perdre trop vite l'érection, d'où la tentation de s'introduire prématurément, sans laisser du temps à sa partenaire pour qu'elle s'éveille à son propre désir, qu'elle le laisse surgir dans toute sa plénitude et qu'il puisse aller à la rencontre de l'autre désir.

Les avancées actuelles – mais je ne suis pas sûr qu'elles soient déterminantes – font que la sexualité est présente partout, qu'il y a une sexualisation des objets de consommation, de la nourriture, des loisirs ou des vacances, autant de stimulations qui n'éveillent pas nécessairement les sens. La part d'imaginaire nécessairement présente dans une rencontre sexuelle est mise en conserve et quelque peu dévitalisée.

Un défi à relever serait de mieux comprendre les enjeux qui devraient être présents dans une rencontre intime pour passer de la communication sexuelle à la communion sexuelle.

Et si l'amour était une aventure autre que celle dont nous avons rêvé ?

Quand nous sommes amoureux, nous entrons de plain-pied dans l'illusion que nous allons être uniques pour l'autre, qu'il va nous comprendre comme jamais nous ne l'avons été, qu'il va combler nos aspirations les plus profondes et les plus intimes, que c'est avec lui que nous allons nous réaliser, accéder au meilleur de nous-mêmes et que, en retour, nous allons pouvoir lui offrir tout ce qu'il y a d'inouï et d'exceptionnel en nous, qu'il saura reconnaître lui aussi que c'était nous, moi, qu'il attendait et recherchait depuis si longtemps, et donc nous accepter inconditionnellement.

Et parfois tout ceci se passe bien comme cela.

Car les pouvoirs d'aveuglement sur certains plans et d'illumination sur d'autres, tout comme la puissance hallucinogène de l'amour, sont incomparablement supérieurs à toutes les drogues connues à ce jour…

Quand nous sommes amoureux, quand nous nous sentons aimés, notre vie semble avoir du sens, une direction, un ancrage. Tout cela est focalisé, condensé sur un être choisi et qui semblait nous attendre, être là sur notre chemin, seulement pour nous. Et quand nous projetons cet amour dans le futur, en rêvant ou en proposant une relation suivie, inscrite dans la durée, cela peut se vivre comme une réalisation évidente, une maturation, une extension et un approfondissement du sentiment amoureux. Même si, plus tard, cela peut se révéler être une illusion, dans les premiers temps de l'amour, il est trop tôt pour qu'elle soit reconnue comme telle.

Il arrive en effet un moment dans toute relation amoureuse où nous allons découvrir (plus ou moins rapidement) et vivre parfois douloureusement une double impuissance : l'impuissance à donner pleinement à l'autre cette part de rêve, de merveilleux et d'infini ; surtout, l'impuissance à sentir que l'autre, l'aimé, l'aimant parfois, n'arrive pas toujours à accueillir cette part de rêve, à la magnifier ou à l'amplifier. Nous découvrons que l'autre est incapable de réciprocité, incapable de nous donner ce sentiment d'unicité, d'accomplissement, de réalisation du meilleur de nous-mêmes. Alors nous essayons de dépasser cette impuissance et de nous convaincre que nous pouvons partager avec l'autre le meilleur de lui et de nous, en faisant beaucoup avec lui ou pour lui. Paradoxalement, le « vouloir faire ensemble » va tenter de combler la difficulté à être ensemble.

Nous avons aussi la certitude que nous pouvons aller quand même au-delà de cette part d'individualisme et d'indépendance qui, paradoxalement, nous a rendus désirables et a fait en sorte que l'autre nous a recherchés. Et puisque cet autre a su ne pas se laisser décourager ni enfermer par notre inaccessibilité ou notre insuffisance, nous voyons là la preuve que nous allons pouvoir nous agrandir mutuellement et construire ensemble un morceau d'avenir qui ne sera qu'à nous.

Et puis, et puis à partir de là tout est possible… L'espérance d'une fiabilité, d'une durée. L'espoir d'une éternité à vivre en commun, le meilleur durant un certain temps et aussi le pire. Cohabitant avec le meilleur, puis parfois le maltraitant, le sabotant et le rendant invivable pour l'un ou pour l'autre… Le pire a beaucoup de visages, il ne se présente pas au grand jour comme un ennemi déclaré, il surgit dans les zones d'ombre et les méandres d'une relation au quotidien.

« Je croyais qu'il suffisait de l'aimer, que mon amour ferait obstacle à tous les risques, qu'il réparerait les erreurs, nivellerait les malentendus, me permettrait de résoudre les malaises et guérirait les petits et les grands bobos nés de nos maladresses. Et d'ailleurs tout se passa ainsi… dans un premier temps. Jusqu'au moment où je découvris que c'était moi qui faisais le gros du travail… et que lui se laissait aimer avec beaucoup d'enthousiasme certes, mais pas suffisamment pour nourrir notre relation qui s'étiolait, se dévitalisait… »

On le voit, une des missions cachées de l'amour serait de nous inviter à construire une autonomie, à nous confronter aux manques et aux blessures de l'enfance pour accepter enfin de les prendre en compte sans les déposer toujours sur l'autre.

L'amour est non seulement le révélateur de notre immaturité affective, mais aussi un activateur puissant vers des changements nécessaires, indispensables, parfois violents, mais toujours dynamiques. En ce sens, l'amour, quel que soit son devenir, est une aventure à vivre, car il nous permet de grandir, de développer des potentialités inexploitées, de nous pousser à nous mettre au monde dans des directions que nous n'avions pas du tout prévues et qui vont se révéler extrêmement dynamisantes, si nous savons les prendre sans nous enfermer ni nous blesser par d'inévitables déceptions ou frustrations…

Comment gérer la belle-famille ?

Il est vrai qu'il peut y avoir entre des proches de la famille des manifestations de solidarité, du soutien, des relations privilégiées, des engagements plus ou moins forts et durables. Il est vrai qu'il y a du plaisir à se retrouver, à se sentir en accord, en complicité avec certains. Mais il y a aussi des réserves et même des réticences, des positionnements marqués. Nous venons, les uns et les autres, d'horizons si divers qu'il paraît difficile d'accorder tout le monde, de trouver des consensus qui semblent évidents aux uns et inacceptables aux autres !

Un homme et une femme qui fondent un couple emportent avec eux, dans leur corps ou dans leur imaginaire, leur famille d'origine. Ils viennent chacun d'un système relationnel complexe dont ils sont imprégnés. Ensemble, ils vont être les architectes d'un nouveau système, plus compact: la famille nucléaire. Je rappelle que, dans ce nouveau « noyau », les deux histoires transgénérationnelles, aux innombrables ramifications visibles et invisibles, resteront très présentes dans l'imaginaire de chacun, marquant ainsi la relation du couple et plus tard les attitudes envers les enfants. Et cela, quel que soit le nombre de kilomètres mis entre la nouvelle famille et les familles d'origine, quelle que soit la qualité de la relation maintenue à distance ou à proximité.

Je vous propose d'« entendre » la résonance de l'importance accordée par votre conjoint(e) à ses propres parents. Avec qui avez-vous créé un couple et fondé une famille ? Est-ce que c'est avec un « ex-enfant dépendant » de ses propres parents ou avec un homme (une femme) qui a su se « délier » de la relation avec son père ou sa mère pour pouvoir s'allier à vous ? Bref, est-ce avec un être devenu adulte capable d'assumer ses choix de vie de famille ?

Vous savez comme moi que vous ne pouvez dicter à autrui ses sentiments. Mais vous pouvez, par contre, améliorer ou détruire la relation qui existe entre vous et chaque personne importante de votre vie.

Dans la vie du couple, chacun des conjoints aura à établir des relations avec la famille de l'autre ; cela implique des enjeux et des contacts avec une belle-famille qui ne sont jamais neutres. Toutes les familles ne sont pas toxiques, mais beaucoup peuvent l'être… sans le vouloir, sans le savoir. Les relations que nous entretenons avec nos propres parents sont souvent « énergétivores ». Nous sommes souvent pour eux des ex-enfants et, malgré l'amour et l'affection qu'ils nous portent, que nous avons pour eux, il y a beaucoup de contentieux, de tensions, de malentendus entre eux… et nous.

Il faut tout d'abord savoir que vivre en couple, c'est partager une double intimité, et ce, chez chacun des protagonistes : l'intimité commune, qui permet la création de liens solides grâce au cheminement dans l'expérience relationnelle, et l'intimité personnelle, qui répond au besoin d'avoir son jardin secret. Pour le couple lui-même, ces deux intimités existent également. J'invite les partenaires du couple à préserver, à protéger cette intimité propre au système relationnel créé. Les échanges avec la belle-famille interviennent dans l'intimité commune du couple.

Pour mieux gérer les relations avec les membres de la famille, l'essentiel est de vous interroger sur l'impact que la présence de ces personnes a sur vous, et peut-être sur la façon dont cela retentit dans votre histoire intime. Vous pouvez ainsi vous affirmer devant la belle-mère et le beau-père, comme adulte qui gère un territoire conjugal à sa convenance. D'une part, il s'agit d'apprendre à se protéger des personnes ou des relations qui consomment votre énergie et vous dévitalisent ; il s'agit de mieux capter les énergies positives afin de vous entourer de personnes qui proposent une relation « énergétigène », qui embellit votre quotidien et vous stabilise dans la confiance. D'autre part, il conviendrait pour chaque partenaire d'un couple de reconnaître, d'identifier et surtout de bien différencier la nature des liens qui existent entre lui et chaque personne de la famille. La relation de votre conjoint(e) avec sa mère (son amour parental, ses attitudes) n'est pas à mettre sur le même plan que sa relation avec vous (son amour conjugal, ses attitudes...) ou que la relation qui peut s'établir avec votre propre enfant (amour maternel, attitudes). Souvent, cet amalgame est source d'errances et de conflits.

Pour le couple avec des enfants, il est important de maintenir des contacts avec une parenté élargie, frères et sœurs de tout âge, oncles et tantes, cousins et cousines, et surtout grands-parents. Ce tissu de liens offre aux enfants un spectre plus varié de repères et de modèles. Il renforce le sentiment d'appartenance, il diminue l'intensité des attentes et des tensions dans la famille dite nucléaire, c'est-à-dire celle réduite au couple et à un ou deux enfants. Il y a dans les familles élargies des ressources de solidarité, de connivence, de récits fabuleux, de savoirs à partager. Elles restent parfois insoupçonnées faute de communication, faute de demande et d'offre, faute d'imagination dans le dialogue.

Ce qui manque le plus dans les familles, ce n'est pas l'amour, mais une parole structurante, une parole qui sache nommer les liens et les enjeux, dire les peurs, reconnaître les désirs. Les ressources familiales se dévoilent surtout lorsque nous arrêtons de porter des regards sur les manques, lorsque nous acceptons de sortir du ressentiment et de l'accusation.

Quant au rôle familial des grands-parents, il consiste à participer à la « dé-fusion » entre la mère et le bébé, puis l'enfant et l'adolescent en devenir. Cela pour l'ouvrir à des relations plus larges, différentes et pour intervenir (à doses homéopathiques) dans l'éventail des relations offertes à un enfant. Mais tout se joue dans la nuance, et les excès peuvent être porteurs de tensions et de conflits à venir.

N'oublions pas que le compromis ou la concession sont malsains pour la relation. Que « se sacrifier » est plus dommageable qu'exprimer un malaise. Il doit y avoir partage, complicité et communication efficace pour désamorcer les malentendus à la source, avant qu'ils ne prennent de l'ampleur.

Devenir « adulte » s'apprend à tout âge

Parmi les messages que je reçois régulièrement, nombreux sont ceux qui s'interrogent sur les positionnements à prendre dans la relation de couple ou dans la relation avec leur famille.

Nicolas, chercheur en physique quantique, et Anne, médecin pédiatre, mariés depuis cinq ans, sont les parents d'un petit garçon de trois ans. Les parents de Nicolas, fils unique, sont heureux d'être des grands-parents, et cela pour la première fois ! Ils essaient, le plus souvent possible, d'être en présence de leur petit-fils, et bien évidemment de partager encore et encore des moments avec leur fils adoré, avec ou malgré la volonté de celui-ci. Au début de la vie de couple de Nicolas et Anne, les parents de Nicolas étaient leurs « aidants » financiers, afin que celui-ci puisse terminer sa thèse et accéder à un poste à l'Université. Ils ont gardé un lien plus que parental, une relation par laquelle ils tentent de s'immiscer dans l'intimité du couple. Presque chaque week-end, ils organisent des « réunions de famille » ou des fêtes où des amis, des proches, des relations professionnelles sont présents. Ne doutez pas que le trop devient parfois envahissant !

C'est Nicolas qui m'écrit, désespéré de partager des week-ends entiers avec sa belle-famille. « Puis-je "sécher" une réunion de famille ou m'éclipser un temps au cours d'un week-end ? »

Derrière cette question, il y a une interrogation plus profonde. Je vous invite à l'entendre.

Peut-il « sécher » une réunion de famille ? S'absenter au cours d'un week-end ? À qui devrait-il se référer pour prendre une telle décision, si ce n'est qu'à lui-même ?

L'être humain a deux grands besoins : s'affirmer et être approuvé. Or, il sacrifie trop souvent l'affirmation de soi à la recherche d'approbation. L'affirmation est la clé des conflits avec soi-même, tandis que l'approbation est la clé des conflits avec ses parents ou ses proches.

Devenir adulte, c'est avoir la capacité de s'affirmer, c'est-à-dire de renoncer à l'approbation des personnes qui comptent pour vous. Et tant pis si elles ne comprennent pas. Mais pour parvenir à ce choix, il faut du courage, c'est-à-dire montrer le véritable enjeu que ce choix représente pour vous, l'expliquer et l'assumer. Se responsabiliser en parlant de soi à l'autre.

Il appartient à chacun des partenaires d'un couple de devenir « adulte », autrement dit de devenir « autonome ». Il s'agit de se positionner, de s'affirmer et de se respecter au sein d'un système relationnel qui est propre à son couple. Il est ainsi possible de réduire les échanges avec la famille d'origine, quand l'envahissement de votre territoire, de votre relation avec le conjoint ou avec votre enfant devient une tentative de captation.

Je constate qu'un certain nombre d'adultes n'ont pas accédé à l'autonomie. Étant passés trop vite d'une prise en charge familiale à une prise en charge conjugale, ils n'ont fait que changer de dépendance. La conquête de leur autonomie en sera retardée d'autant. Ce sont les mêmes qui, durant des années, accepteront de se laisser dicter des comportements et de se laisser définir par les autres, et qui un jour, en réaction, tenteront de faire payer à leur conjoint et à leurs proches les révoltes, les colères et les ressentiments qu'ils auront accumulés pendant des années à l'égard de leur famille d'origine. Pour devenir adultes vraiment, il nous faudra « tuer » nos parents imaginaires, ceux que nous aurions voulu avoir, ceux que nous avons idéalisés, ou les monstres que nous nous sommes fabriqués, pour finalement accepter de reconnaître nos parents réels. Il faudra aussi alléger et transformer la force de ces « loyautés » ou liens verticaux ancrés en nous, et pouvoir ainsi apporter un regard nouveau sur les liens horizontaux de couple.

Au-delà des origines, de la culture du lien, j'insiste sur la nécessité de prendre soin de la communication qui s'installe dans l'environnement proche. Il est possible de respecter quelques règles d'hygiène relationnelle pour mieux se dire et se faire entendre, de mettre en pratique quelques outils concrets pour mieux se positionner, d'intégrer les quatre registres de la communication : savoir demander, savoir recevoir, savoir donner et savoir refuser, pour la rendre plus vivante.

En osant se réapproprier sa parole, en prenant le risque de se définir devant autrui avec ses propres références, avec des choix de vie et des fidélités personnels, chacun se donne ainsi plus de moyens pour s'engager dans un processus de responsabilisation afin de devenir coauteur de sa vie…

DEVENIR *parent*

Géniteurs ou parents : quelle différence ?

Avant d'être institué en France par la loi publiée dans le *Journal officiel* du 18 mai 2013, le débat sur le « mariage pour tous » m'a semblé occulter quelques questions fondamentales.

- Qui donne la vie et comment la donner ?
- Qui peut accompagner cette vie incarnée dans le corps d'un embryon, d'un fœtus (durant le temps d'une gestation), puis comme bébé, enfant, adolescent ou jeune adulte, durant plusieurs années ? Cela à travers des soins, des conduites éducatives et des comportements bienveillants (et non maltraitants) qui vont permettre à un petit bout d'homme et de femme de croître et de s'épanouir !
- Faut-il continuer à rester dans la croyance et le leurre que ce sont les géniteurs qui seraient nécessairement les plus habilités pour accompagner la vie d'un enfant, et ainsi éviter de s'interroger sur tous les autres possibles et choix quand ces aptitudes et compétences ne sont pas présentes ?

Autant de questions que l'on se garde bien d'évoquer, car elles mettraient au jour plusieurs collusions, distorsions et parfois des violences latentes dans l'éducation d'un enfant.

Pour tenter d'affronter plus clairement quelques enjeux majeurs dans l'accompagnement « parental » d'un enfant, je propose quelques repères.

- J'appelle *géniteur et génitrice* (et non pas parents) une femme et un homme qui vont concevoir un enfant, soit directement chaque fois que cela est possible, soit indirectement à l'aide de l'appui d'une assistance médicale à la procréation (APM) ou d'une gestation pour autrui (GPA).

Les exemples sont innombrables où génitrice et géniteur vont découvrir qu'ils ne sont pas capables d'être *parents* et qu'ils vont laisser en jachère ou remettre l'exercice de leurs fonctions parentales dans d'autres mains ou le confier à d'autres personnes compétentes.

∞ J'appelle donc *parent* la femme ou l'homme qui sera capable d'exercer l'une ou l'autre des grandes fonctions parentales qui permettront à un enfant de grandir, de se socialiser et d'être suffisamment autonome au bout de quelques années pour quitter le domicile parental (ou son équivalent) de façon à être responsable de son existence.

Le fait pour une femme ou un homme d'être reconnu comme *parent* dans le système de référence actuelle, soit parce que l'un a porté un bébé dans son ventre et l'autre l'a conçu, soit parce qu'un autre et une autre l'ont adopté, peut se révéler dans certains cas l'équivalent d'une escroquerie à l'égard de l'enfant.

Pour qu'une femme ou un homme puisse être reconnu comme parent, il faudrait qu'il puisse témoigner qu'il peut exercer les fonctions parentales en direction d'un enfant donné. Combien de parents, pourtant reconnus comme tels, n'exercent pas l'une ou l'autre de ces fonctions vitales dans le quotidien de la vie d'un enfant ? En particulier aujourd'hui, où beaucoup de parents sont au service des désirs de leurs enfants, devenus de redoutables consommateurs et parfois des tyrans domestiques qui se comportent comme des prédateurs. Des pseudo-parents qui n'ont pas pris conscience du fait qu'ils sont là comme des adultes de référence, pour répondre aux besoins de leurs enfants et non pour satisfaire tous leurs désirs…

Il y a aujourd'hui, dans la vie de nombreuses familles, un grand déséquilibre autour de ces quatre fonctions : la maman qui se sent trop mère (travail extérieur, travail ménager, absences fréquentes) et qui veut de temps en temps être maman (gratifiante, plus laxiste), mais qui le sera souvent à contretemps, comme si « en donnant, en acceptant tout, en se sacrifiant » elle achetait l'affection de son enfant, se débarrassant ainsi du rôle de « méchante », de « non-aimante », qui dit non !

S'ajoute à cela le fait que les pères actuels sont plus souvent papas que pères, qu'ils ne témoignent pas suffisamment de leur autorité (fermeté, positionnement clair face aux transgressions et dérives sociales d'un enfant). Ce qui est à l'origine de ce qu'il est convenu d'appeler la crise de l'autorité.

Quand j'entends ou que je lis que deux femmes ne feront pas un père ou que deux hommes ne feront pas une mère, cela veut dire qu'il y a une collusion sémantique grave entre le sexe et les fonctions parentales à exercer. Les fonctions parentales, il est important de le dire, sont des fonctions relationnelles, indépendantes des sentiments ou des représentations sexuées. Elles dépendent d'une capacité personnelle à se mettre au service, à être à l'écoute, à devenir des médiateurs entre un enfant et la réalité qui l'entoure, et cela quotidiennement, durant quelque deux décennies, pour répondre aux besoins et aux attentes d'un être en devenir.

Je crois que la vie en couple et en famille est perçue aujourd'hui comme un lieu sécurisant, d'épanouissement et de création, d'où la dimension attractive du couple pour de plus en plus d'adultes. Cependant, ces derniers ne devraient pas oublier que constituer une famille, c'est se mettre au service des besoins d'un ensemble humain et que ces besoins peuvent entrer en concurrence avec les besoins personnels de chacun de ses membres, qu'ils soient du même sexe ou de sexe différent.

Naître à la parentalité

Voici comment commence l'aventure parentale. Un homme rencontre une femme ou une femme rencontre un homme. Il y a une attirance mutuelle ou à sens unique, des désirs mutuels ou à sens unique, des affinités semblables et complices ou différentes et parfois divergentes, des sentiments en réciprocité ou asymétriques, bref, c'est le stade de la rencontre amoureuse.

Cette rencontre amoureuse se transforme parfois en relation de couple officialisée par le mariage ou pas, sous forme de compagnonnage, de « pacsage », et, quelquefois, en relation parentale. Une femme et un homme ne deviennent pas parents parce qu'ils auront conçu ou adopté un enfant. Ils pourront, ou pas, se mettre au monde comme parents en parcourant plusieurs étapes, en se donnant les moyens d'exercer successivement ou simultanément quelques-unes des grandes fonctions parentales.

C'est ensemble (je le souhaite pour l'enfant) qu'ils vont répondre aux besoins primordiaux de leurs enfants :

- ∞ besoins de survie (soins du corps, nourriture, vêtements, sécurité) ;
- ∞ besoins d'amour (je crois que l'amour parental est donné avec une vibration particulière) ;
- ∞ besoins éducationnels (tout cursus d'éducation scolaire possible du point de vue des capacités matérielles et intellectuelles).

Et c'est aussi aux parents de répondre aux besoins relationnels, besoins qui, au-delà de la personne, s'adressent à la VIE qui est présente dans chacun de nos enfants, comme en chacun de nous.

Naître comme parent va représenter pour certains une véritable ascèse. Pour d'autres, au contraire, ce sera une ouverture lumineuse qui leur permettra de rencontrer le meilleur d'eux-mêmes, afin de découvrir le meilleur de l'autre.

Il se trouve que je suis devenu père à vingt-quatre ans avec une inconscience qui m'étonne aujourd'hui – je ne savais rien de l'aventure parentale qui m'attendait. Car « faire un enfant » est plus ou moins facile, agréable souvent, difficile parfois au point de devoir s'entraîner tous les jours et trois fois le dimanche !!! Mais élever un enfant, l'accompagner vers ce qui me paraît être la finalité de toute éducation parentale, c'est-à-dire lui permettre de nous quitter avec le maximum de ressources pour affronter un monde en évolution sans aucune culpabilité, cela est un travail à temps plein ! Et comme je devais ne pas avoir assez de travail, j'ai renouvelé mes aveuglements quatre fois – pour ceux qui me connaissent, rappelez-vous mes cheveux blancs !

Pour ma part, devenu parent, j'ai découvert rapidement, par mes relations avec mes enfants, que j'étais un véritable handicapé de la communication (ce qui est un paradoxe troublant puisque, étant psycho machin chose, j'étais censé apprendre aux autres à mieux communiquer !). Personne ne peut imaginer le nombre d'erreurs, d'impasses et de conflits que j'ai dû traverser pour apprendre en tâtonnant, douloureusement, jour après jour, à être papa et père.

Un homme, une femme devient parent quand il accepte d'exercer les grandes fonctions parentales (maman, papa, mère, père) nécessaires au développement et à la croissance physique, relationnelle et sociale d'un enfant. C'est-à-dire de permettre à un enfant :

- ∞ de grandir, de croître parce qu'on répond à ses besoins de survie, à ses besoins éducationnels, à ses besoins de sécurité et d'amour ;
- ∞ de se construire comme un être de relation capable de demander-donner-recevoir-refuser ;
- ∞ de respecter la VIE qui est en lui. Cela implique d'être à l'écoute de ses besoins relationnels et d'éviter de combler tous ses désirs afin de ne pas entretenir en lui l'ITPI (Illusion de la Toute-Puissance Infantile), illusion qui lui fait croire que le monde entier est au service de ses désirs.

Être maman et mère, papa et père

Devenir parent, c'est se donner les moyens d'exercer les grandes fonctions parentales pour permettre à notre enfant de se développer et d'accéder à une autonomie suffisante pour qu'il puisse un jour nous quitter, en vue de construire son chemin d'adulte. La mise en œuvre des grandes fonctions parentales commence dès la sortie du ventre.

Dans mes propos, j'insiste sur l'importance de ne pas confondre l'état de géniteur/génitrice qui donne la vie à un embryon, qui accompagne durant neuf mois le développement d'un fœtus et d'un petit bébé et le fait de le mettre au monde, de devenir maman (la mère surgira plus tard) et papa. (Devenir papa suppose d'être présent, disponible, ouvert et réceptif aux besoins du bébé et aux attentes spécifiques de sa partenaire. Les différentes fonctions de cette dernière en tant que conjointe seront mises en retrait quelque temps tant la fonction maternelle va prendre durant quelques semaines, quelques mois, quelques années parfois, beaucoup, beaucoup de place.)

- ∞ **La fonction maman.** En termes relationnels, la maman est celle qui accepte inconditionnellement son enfant, qui donne, qui protège, qui accueille tout ce qui vient de lui sans le rejeter. (Il bave, régurgite, fait ses besoins, crie, pleure, s'agite, renverse le pot de compote… et la maman gère tout cela sans en faire un drame.) Cette fonction domine sur toutes les autres jusqu'à ce que l'enfant atteigne l'âge de deux ans et demi à trois ans !

C'est une fonction qui répond à la fois aux désirs et aux besoins d'un enfant. C'est une fonction gratifiante, oblative, que beaucoup de mamans voudraient faire durer. Il faut cependant savoir que, quand on répond à pratiquement tous ses désirs et besoins, il se développe chez l'enfant ce que j'appelle l'ITPI, qui laisse croire au tout petit enfant que le monde tourne autour de son nombril, que l'univers est au service de sa personne ! Cette illusion ne doit pas perdurer et sera combattue par l'arrivée de la fonction mère.

∞ **La fonction mère.** En termes relationnels, la mère est celle qui pose des demandes, qui fixe des exigences, qui refuse, qui prive parfois. C'est une fonction frustrante à laquelle l'enfant répond le plus souvent par des « non » (c'est l'âge du « non » à répétition). Autour de trois ans, il dit « non » à la mère afin de retrouver la maman inconditionnelle qu'il a connue jusque-là !

C'est une fonction que certaines mamans ont du mal à gérer. Elles disent « non » dans un premier temps (exemple, auprès des caisses dans un grand magasin ou au supermarché) et puis disent « oui ». Ce qui est terrible pour l'enfant, car cela lui laisse croire que ses désirs sont tout-puissants, qu'il lui suffit d'insister pour obtenir gain de cause, pour que maman et le monde entier répondent à toutes ses demandes ! C'est ce qui semble dominer actuellement dans l'éducation de beaucoup d'enfants, qui vont mettre leurs parents à leur service (pour ne pas dire à genoux !).

J'appelle le passage de la maman à la mère le « sevrage relationnel ». Beaucoup d'enfants et d'adolescents d'aujourd'hui sont en difficulté, car ils vivent dans la toute-puissance de leurs désirs : « Tout, tout de suite, sans contrepartie ! » Mais ils sont en même temps angoissés, car pour se construire ils ont besoin de limites, d'interdits et de repères clairs sur ce qu'il est possible et impossible de faire !

On assiste à une contradiction qui, pour beaucoup, semble sans issue : ils sont outrancièrement satisfaits sur le plan des désirs (argent de poche, vêtements, loisirs, téléphone cellulaire) et incroyablement frustrés sur le plan de leurs besoins vitaux. Cette collusion entre désirs et besoins constitue l'une des causes à l'origine de la violence chez les enfants et les adolescents. « Tu ne veux pas me donner, alors je prends, je vole, je cogne. » En effet, leur seuil de tolérance à la frustration est très bas et toute rencontre avec la réalité (nécessairement frustrante par moments) est vécue par eux comme une agression à laquelle ils répondent par de la violence.

Pour les hommes devenus parents, ces mêmes fonctions se présentent de la façon suivante.

- **La fonction papa.** C'est une fonction de bienveillance. Un papa joue, câline, sécurise, protège. Il est vécu comme tolérant et sécurisant.
- **La fonction père.** C'est une fonction de rigueur et de contraintes. Un père sait poser des règles, préciser un cadre, imposer des sanctions quand il y a des transgressions. Il propose à l'enfant un modèle. C'est une fonction de socialisation importante.

Ce n'est pas l'étiquette ou le label de parent déposé sur un homme ou sur une femme qui fait le parent ; c'est leur capacité, à l'un et à l'autre, d'exercer les grandes fonctions que je viens de décrire.

Ces quatre grandes fonctions vont accompagner un enfant jusqu'à son entrée dans le monde adulte et parfois même, dans certains moments de crise, bien au-delà. En parallèle, les parents devront exprimer et assumer (j'insiste sur le fait qu'il y a nécessité !) d'autres fonctions qui consolideront leur rôle de parent tout au long de l'enfance et de l'adolescence.

- **La fonction de témoignage**, qui consiste à ne pas parler sur l'enfant mais à l'enfant, à ne pas utiliser le TU d'injonction qui enferme l'enfant dans un jugement de valeur : « Tu es méchant, tu es vraiment désordonné, tu vas me rendre folle, tu commences dix choses à la fois et tu ne termines jamais rien... » Et donc de remplacer le **tu** par le **je** en faisant à l'enfant des demandes claires : « Je te demande d'aller au lit ; je suis irrité quand je te vois te disputer avec ta sœur ; j'éprouve de la difficulté à être une maman avec toi, car je me sens obligée d'être sans cesse une mère punitive, et ce n'est pas bon pour moi ni pour toi... » Il s'agit aussi de mieux différencier notre amour pour l'enfant. Si nous avons plus d'un enfant et que nous leur disons « je vous aime tous pareil », nous alimentons des rivalités ! Il est préférable de leur dire « j'ai un amour différent pour chacun d'entre vous ».

Cela suppose aussi de ne plus pratiquer l'escroquerie des sentiments quand nous leur disons : « J'aimerais que tu fasses ton lit ; j'aimerais que tu prennes ta douche ; j'aimerais que tu manges proprement ; j'aimerais tellement que tu ranges ta chambre ! » Avoir le souci de ne pas mélanger sentiment et relation. Cela veut dire de ne pas utiliser le vocabulaire des sentiments dans la relation autour du demander, du donner, du recevoir et du refuser. Oser des demandes claires et directes et des refus précis, sans ambiguïté : « Je te demande d'éteindre la télé ; je souhaite que tes affaires de classe soient prêtes avant de t'endormir, cela m'aidera à être plus détendu demain matin… »

∞ **La fonction de référent**, face à une réalité porteuse de frustrations et de contraintes. En l'exerçant, les parents affirment leur capacité à se positionner, à s'affirmer tout en témoignant de leur ouverture, de leurs valeurs et surtout de leur seuil de tolérance : « Je te donne mon accord pour utiliser Internet 90 minutes par jour. » Ainsi, l'enfant apprend à ne pas confondre ses désirs et ses besoins.

Il s'agit aussi d'amener les enfants à différencier désirs et peurs en proposant cette découverte : derrière toute peur, il y a un désir. Cette découverte permet à l'enfant d'avancer en toute sécurité et de s'appuyer sur ses ressources et sa créativité.

Il s'agit de plus d'apprendre très tôt aux enfants à ne pas garder en eux les messages toxiques (paroles, gestes, comportements) qui peuvent se déposer sur eux et à leur montrer comment les restituer à celui ou celle qui les a envoyés – y compris à nous-mêmes, les parents, si dans un moment de fatigue, d'irritation ou d'aveuglement, nous avons maltraité la relation que nous avons avec eux.

Finalement, cette fonction nous convie à ne pas associer nos sentiments à la conduite ou au comportement de nos enfants. Exprimons notre ressenti, notre vécu en fonction de ce qu'ils ont fait et non pas de ce qu'ils sont. Ne pas confondre donc le comportement et la personne !

- **La fonction d'accompagnement**, qui aide à la construction du moi et, par la suite, à la socialisation. Se rappeler ici, encore une fois, que les parents sont là pour répondre aux besoins de leur enfant et non à ses désirs. Pour les désirs, il y a des temps qui sont prévus : les fêtes de Noël, les anniversaires, la réussite à un examen, etc. Les enfants ont besoin d'avoir devant eux des adultes qui se positionnent : « Je ne te donne pas mon accord pour sortir. » « Je te dis non, parce que tu es déjà sorti hier et avant-hier ! »
- **La fonction de congruence**, qui s'appuie sur la prise en compte des résonances que produisent en nous les comportements de notre enfant. C'est aussi la fonction qui permet d'entendre l'enfant dans le registre où il s'exprime, de confirmer que nous avons entendu ce qu'il vit ou ressent, de montrer que nous pouvons reconnaître ses sentiments, ses désirs ou ses attentes sans pour autant toujours les satisfaire.

Cette fonction invite aussi le parent à oser dire son propre ressenti, sans le mélanger avec les sentiments qui l'habitent : « Je sais que je t'aime, mais je suis vraiment en colère quand je vois la façon dont tu te comportes avec ta sœur. » Un enfant se sécurise quand il a devant lui un adulte qui s'affirme, qui dit ce qu'il ressent, ce qu'il éprouve, ce qu'il envisage de faire, non par rapport à sa personne, mais par rapport à ce qu'il a dit, fait ou pas fait : « J'ai vraiment le souhait que tu réussisses ton bac ! »

- **La fonction de vitalisation** est celle qui nourrit la vie en répondant aux sept grands besoins relationnels. Il appartient aux parents de veiller à respecter ces besoins : besoin de se dire (dans différents registres et avec différents langages) ; besoin d'être entendu (dans le langage et dans le registre spécifiques avec lesquels un enfant tente de se dire ou de ne pas se dire) ; besoin d'être reconnu (tel qu'il se vit et pas seulement comme ses proches voudraient qu'il soit) ; besoin d'être valorisé (pour ce qu'il est et non uniquement pour ce qu'il a fait ou pas fait) ; besoin d'intimité (comprenant le respect d'un espace et d'un temps qui lui sont propres, voire d'un jardin secret) ; besoin de créer et d'influencer son environnement proche (ce qui signifie lui éviter d'être formé comme le consommateur idéal d'un marché de désirs et de leurres inépuisables) ; besoin de rêver (rêver que demain sera meilleur qu'aujourd'hui et après-demain meilleur que demain !).

Être parent, c'est avoir la capacité d'établir un lien durable et donc de pouvoir le construire en fonction des changements qui surviennent dans la vie d'un enfant. Ce qui est valable pour un enfant de trois ans ne l'est plus avec un enfant de six ans.

Bien évidemment, il y a des obstacles à ce beau programme :

- l'amour que nous avons pour un enfant, nos bonnes intentions ou notre bonne volonté ne sont pas suffisants pour élever un enfant ;
- nous sommes souvent prisonniers de ce que j'appelle le « paradoxe parental » : nous voulons que nos enfants grandissent, mais nous freinons sans arrêt leur tentative d'autonomie, nous les infantilisons ;
- ce qui pose peut-être le plus gros problème, c'est que les enfants sont d'une habileté incroyable à réveiller l'ex-enfant qui est en nous à chaque instant !

Tout au long d'un cheminement chargé de joies et d'angoisses, d'aveuglements et de lucidité douloureuse, d'interrogations passionnées et de doutes porteurs d'inquiétude, les parents vont découvrir leurs propres contradictions, vivre le réveil de blessures anciennes, faire preuve constamment de créativité, éprouver des lassitudes et expérimenter un ensemble de comportements réactionnels de la part de leurs enfants, comportements qui vont souvent les surprendre et les faire douter de leur savoir-faire, de leur savoir-devenir comme parents efficaces !

Le dur métier de parent

Être parent est toujours une démarche en devenir qui devrait fonctionner à temps plein… mais qui avance par à-coups !

C'est un métier qui s'apprend dans le temps, avec des hauts et des bas, des régressions et des avancées, avec quelques réussites et parfois des échecs.

Je ne connais pas de relation qui soit aussi enthousiasmante, stimulante et porteuse d'autant d'espoirs que la relation parents-enfants. Et je ne connais pas non plus de relation qui soit aussi pleine de difficultés, de malentendus, d'épreuves et de désespérance parfois, que la relation parents-enfants ! Car au-delà de l'amour que nous portons à nos enfants, au-delà de nos bonnes intentions, de notre bonne volonté, les échanges avec eux sont chargés de malentendus, de contentieux et de redoutables écueils !

Être parent aujourd'hui semble être un métier à temps plein. Je propose, dans ce texte, quelques balises pour apprendre à reconnaître les pièges et les écueils les plus fréquemment rencontrés quand nous tentons de devenir des parents conscients et responsables. Être parent, c'est essentiellement accompagner un enfant dans la durée (en général, entre dix-huit et vingt-cinq ans).

D'une part, il s'agit de permettre à l'enfant de grandir et de se développer (réponses à ses besoins vitaux), de lui transmettre quelques valeurs sociales (sociabilité minimale, respect d'autrui, vigilance quant à des transgressions quasi inévitables), de le soutenir dans l'apprentissage de savoirs, de savoir-faire (scolarité, acquisitions et renforcement de supports et moyens relationnels) avec autant que possible des encouragements vers des disciplines culturelles, musicales ou sportives.

D'autre part, il s'agit de confirmer l'enfant dans son savoir-être, son savoir-créer et son savoir-devenir. Cela en lui permettant d'apprendre à s'aimer (prendre soin de son corps et de ses besoins affectifs), à exprimer ses ressentis et ses sentiments réels, à privilégier la confrontation plutôt que l'affrontement, l'affirmation de soi plutôt que l'opposition ou la fuite, la recherche d'échanges en réciprocité plutôt que l'entretien d'échanges toxiques à base d'insultes, de dévalorisations, de violences verbales ou physiques sur lui-même ou sur autrui.

En d'autres termes, cela signifie de répondre à leurs besoins de survie (les nourrir, les loger, les vêtir, les sécuriser, les soigner des multiples bobos et autres somatisations), de veiller à leurs besoins éducationnels (soutien scolaire, loisirs), de renforcer leurs besoins de socialisation (quelques balises et règles de vie minimales pour vivre en famille et en société), sans oublier leurs besoins relationnels. Voir à ceux-ci signifie encourager un enfant à ne pas confondre désirs et besoins en faisant preuve de fermeté et de cohérence face à leurs multiples désirs. Oser se positionner devant eux et savoir leur imposer des sanctions face aux transgressions qu'ils peuvent commettre. Ce faisant, leur transmettre des valeurs, qui sont l'équivalent de tuteurs intérieurs qui les empêcheront de se laisser entraîner par toutes les tentations de notre société consumériste.

Et puis, il y a l'amour inconditionnel qui leur est donné. L'amour parental est le seul amour qui sera donné à un enfant pour lui permettre un jour de s'éloigner, de quitter maman et papa, avec suffisamment d'autonomie affective, sociale et matérielle, pour poursuivre une existence d'adulte qui lui sera propre.

En écrivant, il y a quelques années, *Papa, Maman, écoutez-moi vraiment* (Livre de Poche), j'avais insisté sur la nécessité pour les parents d'être à l'écoute de leur enfant. Aujourd'hui, je serais tenté d'insister davantage sur la nécessité pour les parents non seulement d'être à l'écoute des attentes de leurs enfants, en ne confondant pas leurs Désirs et leurs

Besoins, mais aussi d'être plus vigilants, plus cohérents, plus interventionnistes au besoin. Car il faut être conscient de l'énorme influence sur les enfants, pas toujours positive, de phénomènes et d'intervenants extérieurs, étant donné l'irruption dans leur vie des jeux audiovisuels, d'Internet, de l'usage du cellulaire, qui monopolisent beaucoup de leur vitalité, de leur attention et modèlent leurs comportements intimes et sociaux.

Pour s'engager avec lucidité et courage dans ce vaste programme, encore faut-il éviter quelques pièges et s'appuyer sur quelques balises concrètes. Cela supposera, chez les parents, de pouvoir dépasser quelques-unes des contradictions. Voici quelles sont ces balises.

- Mieux comprendre que les enfants sont d'une habileté incroyable pour réveiller l'ex-enfant qui est chez sa mère ou chez son père. Parfois, nous croyons voir de loin un adulte penché sur un enfant ; si l'on s'approche et si l'on écoute, on constatera qu'en fait ce sont deux enfants en présence l'un de l'autre, et le plus petit des deux n'est pas celui que l'on croit… Nous proposons trop souvent aux enfants un double message, plein de contradictions, que je pourrais résumer ainsi : « Sois grand, mais reste mon petit ! »
- S'engager à ne plus déposer sur eux nos peurs et nos désirs. On pourrait dire que c'est une spécialité parentale quasi universelle (pour ne pas dire une pathologie normale) que de ne pouvoir s'empêcher, comme père ou mère, d'exprimer pour ne pas dire d'imprimer nos peurs et de tenter de formater nos enfants en fonction de nos désirs. Tous plus louables les uns que les autres et bien sûr en se donnant l'alibi inattaquable que « c'est pour leur bien ! » et que « nous savons mieux qu'eux ce qui est bon ou pas bon pour eux ! ». Témoigner de nos peurs est possible, mais cela suppose de nous affirmer devant eux comme étant seuls responsables de l'impact de nos peurs sur nous-mêmes. Il en sera de même pour nos désirs, qui sont le plus souvent des désirs sur l'enfant et non des désirs vers l'enfant. Désirs dont nous aurons à assumer la pleine et entière responsabilité.

- Lutter contre la tentation de la démission : « Fais ce que tu veux, et tu verras plus tard ce qui t'arrivera, mais je t'aurai prévenu… » Entendre que si un problème récurrent de notre enfance ou de notre histoire personnelle n'est pas résolu, il se déposera dans les générations futures (psychogénéalogie et communications transgénérationnelles).

Être parent, c'est aussi lutter contre la tentation de la démission (contre l'envie de s'en remettre à l'école et aux organismes sociaux pour résoudre les problèmes du quotidien). C'est continuer à exercer les grandes fonctions parentales, à se sentir responsable du développement de ses enfants, de leur croissance et de leur capacité à entrer dans la vie qui les attend. Avec l'aide de quelques règles d'hygiène relationnelle de base, le métier de parent peut s'exercer de façon à favoriser chez un enfant adaptation et liberté d'être, engagement citoyen et solidarité, ouverture et cohérence dans son devenir.

Être parent aujourd'hui pour des enfants qui seront les adultes demain !

Élever autrement les garçons

« J'aimerais encourager les mères à mieux élever leurs fils, pour qu'ils respectent les femmes et ne se transforment pas en oppresseurs ; il est indispensable de produire une nouvelle génération de garçons, différents de leurs pères. » C'est ce que déclara la célèbre opposante birmane, aujourd'hui femme d'État, Aung San Suu Kyi, au cours de sa tournée européenne en juin 2012.

Ce souhait risque de rester un vœu pieux si les mères d'aujourd'hui et de demain ne remettent pas en cause quelques zones aveugles ou certains automatismes fortement ancrés dans leur façon d'être avec leur enfant mâle. Cela restera aussi un vœu pieux si les hommes se contentent d'être des géniteurs au lieu d'apprendre à exercer des fonctions parentales comme la fonction papa (bienveillante, gratifiante, joueuse) et celle de père (qui pose des exigences et des limites, qui se positionne face aux désirs envahissants des enfants et donc peut affirmer des refus). Même chose s'ils ne prennent pas l'engagement d'intervenir de façon plus suivie dans quelques-uns des moments clés de la vie de leur enfant.

En demandant aux femmes européennes de soutenir sa démarche pour éveiller les consciences à ce sujet, Aung San Suu Kyi devait certainement penser à la façon dont les hommes se comportent à l'égard des femmes en Asie, mais aussi dans bien d'autres parties du monde. Aujourd'hui, dans la plupart des pays, à peu près 95 % de l'éducation des enfants est dans les mains et sous la responsabilité des femmes, que ce soit dans la famille d'origine ou dans les écoles, où la profession d'enseignant est de plus en plus féminisée.

Il faut reconnaître que les hommes participent plus activement aux tâches ménagères, qu'ils sont des papas plus proches que les pères d'autrefois, qu'ils manifestent plus d'intérêt pour le développement physique, social, sportif ou culturel de leurs enfants, mais aussi que trop souvent leurs interventions se font par à-coups, parfois sur un mode réactionnel après un incident ou pour répondre aux demandes des mères. Ce n'est pas nécessairement aux demandes de leur partenaire que ces pères devraient répondre, mais aux besoins de leurs enfants, en écoutant mieux les attentes profondes de ceux-ci.

Les grandes fonctions parentales qui devraient être assumées simultanément par les deux parents sont encore mal connues ou définies de façon affective et pas suffisamment relationnelle, donc peu appliquées. En général, les fonctions de survie et de sécurité sont assurées dans un partage relativement équilibré entre les deux parents. Mais les fonctions de soins et d'accompagnement éducationnel supposeraient aujourd'hui une meilleure répartition, une implication plus grande des hommes. Il leur faudrait veiller à être plus présents et plus vigilants dans la vie quotidienne, visible et moins visible, de leurs enfants.

Il conviendrait aussi de s'interroger sur la qualité de la présence et du temps (souvent très déséquilibré) consacré à leurs filles et à leurs garçons par la mère et le père. Chacun devrait être attentif à la façon dont la parole de chacun circule, dont elle est entendue, valorisée ou disqualifiée par l'un et/ou par l'autre.

La fonction d'identification devrait inciter à privilégier des temps d'intimité entre le père et chacun de ses enfants, entre la mère et chacun de ses enfants, moments pendant lesquels on se focalisera sur tel ou tel enfant. Ce sont des temps précieux, très différents des interpellations et des commentaires qui s'adressent à tous, mais qui ne sont pas entendus par les uns et les autres avec la même sensibilité.

Parmi les nombreuses fonctions parentales, mentionnons les fonctions de soutien, de stimulation, de renforcement des qualités et des ressources spécifiques aux filles et aux garçons, fonctions qui devraient s'exercer sans que ni comparaisons, ni mises en compétition, ni jugements de valeur soient introduits.

Par ailleurs, certaines règles devraient être appliquées dès le départ dans le fonctionnement relationnel du couple. Trop souvent, la femme se met au service des attentes ou des désirs de son mari. Les enfants voient alors à table, dans le salon ou dans la voiture familiale, cette soumission/opposition, cette collaboration/résistance, cette adhésion/refus qui caractérisent certains comportements féminins et masculins. Comportements qui sont autant de messages à travers lesquels ils vont intérioriser leur propre modèle, assimiler des comportements et des attitudes qu'ils reproduiront plus tard avec leurs proches ou avec leurs propres enfants.

Être parent aujourd'hui suppose un partage plus visible, mieux différencié des différentes fonctions parentales.

Perdre sa mère

Chaque enfant, ou plutôt chaque ex-enfant que nous sommes, va, un jour, voir disparaître à jamais l'un ou l'autre de ses parents, quand son cycle de vie s'achèvera.

Ce qu'il faut savoir, c'est que la mort d'une mère signifie la disparition à jamais de la maman (qu'elle a été ou qu'elle a eu du mal à devenir). Comme la mort d'un père inscrit en nous la perte d'un papa (qu'il a pu être ou qu'il n'a jamais été). Tant qu'une mère est vivante, nous pouvons toujours penser que la dimension maman, faite de chaleur, de bienveillance, d'écoute, de disponibilité, restera toujours possible, pourra ressurgir et nous combler. Quand une mère s'en va pour toujours, c'est cette dimension de la « maman », celle qui savait ou aurait dû savoir nous accepter inconditionnellement, sans réserve, dans la totalité de ce que nous étions ou que nous sommes devenus, qui disparaît.

Une porte mystérieuse vers l'infini de l'amour, vers le merveilleux de la tendresse, s'ouvre alors tardivement dans la vie de l'ex-enfant, pour libérer ainsi tout le retenu et le non-manifesté, qui remplissent le cœur d'une immense gratitude.

Ce petit poème, que m'a offert mon amie Claude, est un hommage à sa mère, je dirais avec tendresse, à sa maman.

Il y a beaucoup de façons de dire adieu à l'un ou l'autre de nos géniteurs, à l'un ou l'autre de ceux qui ont accompagné notre enfance, qui sont restés présents dans notre adolescence, dans notre vie d'adulte ou de parents. Une de ces façons est d'oser leur écrire une lettre, un poème, un témoignage de notre vécu, de notre ressenti, de nos sentiments à leur égard.

Tu n'es plus là, ma mère

Tu n'es plus là, ma mère… En la vieille maison
que ton âme imprégna d'odeur céleste, j'erre.
Sur les géraniums tremblants de l'étagère,
je te revois penchée à l'arrière-saison.
Ah, ton image ici n'est pas une étrangère…
mais chaque jour la rend plus vaine et plus légère.
Tu n'es plus là, ma mère. Et pourtant je respire
ton souffle présent dans l'haleine agreste des lys blancs.
Dans les roses du seuil, je revois ton sourire.
Ce vieux jardin, où jusqu'au bout tes bras tremblants
voulurent promener le sarcloir ou la bêche,
où l'on pouvait te voir chaque soir à la fraîche
patiemment penchée, ah, comme il est encore
tout plein de ta présence et de ton calme effort !
Je ne veux rien changer aux plus vulgaires choses
que ta main disposa pour m'y faire un doux nid.
Mais le monde ne vit que de métamorphoses.
La goutte d'eau ronge la pierre et le granit…
Malgré toi, tout ce qui fut toi se désagrège.
Et sous l'étreinte de mes doigts fond comme neige.
Irai-je demander aux passants du chemin
s'ils n'ont pas rencontré ton ombre dans la rue ?
Chaque heure en emporte un de ceux qui t'ont connue
et les autres s'en vont sans me tendre la main.
Chacun sent le prix étrange de la vie
et court, l'angoisse au cœur, à sa chère folie.
Tu n'es plus là, ma mère… En ta vieille maison
je respire ton âme, avec un lent frisson.

Claude Amman

Les mères d'autrefois

Je ne me ressens pas comme un nostalgique du passé, mais j'ai plaisir à retrouver dans les recoins de ma mémoire des souvenirs qui ont marqué mon enfance et titillé quelque peu celle de mes enfants.

Elles avaient des noms de romans : Émilie, Élise, Apolline, Germaine ou Violaine. C'étaient des mères nourricières, guérisseuses, sacrificielles, hautes en couleur même quand elles étaient habillées de noir. Il y avait de l'orange et du nacré cachés dans leur corps secret, le rouge de l'émoi ou de l'indignation sur leur visage, le sombre des orages intérieurs quand on les contredisait, le silence des non-dits quand elles étaient blessées ou rejetées.

C'étaient des mères « toutes en mains ». Je veux dire que leurs mains larges, puissantes, douces et fermes se saisissaient de la vie et la pétrissaient, savaient toucher les objets et les êtres sans les maltraiter. Elles avaient des mains qui semblaient être partout à la fois : sur mon visage d'enfant pour enlever une trace invisible (à mes yeux) de saleté ou une miette égarée sur mes lèvres. Des mains qui me déposaient sur des genoux accueillants, des mains qui savaient déposer un bisou apaisant sur mon ventre pour contenir une douleur soudaine et éphémère, des mains qui caressaient mon dos pour soulager une tension, qui enveloppaient ma tête pour m'inviter à rester à ma place. Des mains qui rappelaient des valeurs depuis oubliées : « Il ne faut pas trop s'en croire, sinon... » Je n'ai jamais su ce que signifiait le « sinon », sinon qu'il prédisait des ennuis si on se montrait trop, si on se croyait plus que ce qu'on était ou, pour le dire plus simplement, « si on pétait plus haut que son derrière... ».

Quand elles sortaient, elles s'apprêtaient, portaient un chapeau ou un foulard, mettaient un peu de fard Bourjeois, avec un J comme joie, et s'avançaient d'un pas ferme dans les rues avec une direction précise. Elles avaient des croyances vibrantes et des passions tenaces, elles savaient leur faiblesse et surtout leur force. Comme toutes les mères de l'époque, elles savaient tout faire. Le mot favori de la mienne devant une difficulté était : « Attends, je vais arranger ça ! » Elle trouvait une solution à toutes les difficultés, même quand je n'en réclamais pas !

La mienne croyait en saint Antoine de Padoue, dont une petite statuette trônait sur la commode de sa chambre, avec un petit enfant dans ses bras. Ce tout-petit avait une tête de vieux et il semblait si malheureux que j'avais envie de ne pas grandir trop vite.

Ma mère avait aussi un faible pour saint François. « Il est beau, disait-elle songeuse. Il a dû être aimé des femmes. Il a dû en faire tourner, des têtes, mais en tout bien tout honneur », se hâtait-elle d'ajouter.

Ma mère admirait la mère de mon copain Marcel. Une femme qui sentait bon, qui se déplaçait sans bouger, aérienne, qui souriait toujours et dont le corps dansait dans des robes légères et bleutées. Je sentais dans son regard qu'elle aurait voulu, elle aussi, marcher avec ce pas de danseuse qu'avait la mère de mon copain Marcel !

Les mères de mon enfance étaient omniprésentes, savaient tout ce qui pouvait nous arriver avant même que nous ne le vivions. Elles voyaient tout, se souciaient surtout des autres et, à la table familiale, se servaient et mangeaient, en dernier, ce qui restait de tout ce qu'elles avaient préparé avec beaucoup d'amour et de gravité. « Avec la nourriture, il ne faut pas rigoler et surtout ne rien gaspiller ! »

Tour à tour mamans et mères, elles dispensaient gratifications, récompenses et critiques, et même sanctions, avec une générosité sans faille ! Ces mères ne supportaient pas l'injustice, savaient se battre, surtout quand il s'agissait des autres, devenaient des tigresses quand leurs enfants étaient menacés et se transformaient en petites filles émerveillées quand ces mêmes enfants, devenus adultes et parents à leur tour, les changeaient en grands-mères.

Il ne faut pas croire que ces mères-là ont disparu. Malgré les apparences, elles sont toujours présentes, peut-être plus discrètes, ne se manifestant plus que dans l'intimité d'un couple ou parfois dans une relation familiale réduite à leur seule présence, quand elles élèvent seules leurs enfants. Les mères sont le présent de l'humanité, enfin d'une bonne moitié !

NOS ENFANTS, *nos ados*

À mes enfants...

Il est des soirs de vague à l'âme
où mes oreilles se souviennent des rires vivants
de mes enfants jouant dans leur chambre.

Il est des matins clairs où mes mains se rappellent
tous les soins donnés à leur corps imprévisible et tendre,
tous les câlins trop rapidement partagés,
tous les baisers perdus dans leur empressement
à déjà s'éloigner pour conquérir la vie.

Il y a tant et tant de jours où leur présence habitait
tout l'espace de notre vie de parents.
Il y a tellement de souvenirs heureux éparpillés aujourd'hui
dans une mémoire oublieuse, morcelée
par toutes ces années passées trop vite.

Il y a quand même en chacun de nous, mère et père,
le goût du bon, l'odeur de chaque caresse,
la présence douce de leur tendresse.

L'enfant qui ne veut pas dormir seul

Un certain nombre d'enfants ne veulent pas dormir seuls. Ils se réveillent et s'introduisent dans la chambre des parents. Quelques-uns, sans aucune hésitation, s'installent même entre la mère et le père. Et chaque fois, malgré les tentatives de rassurance, les injonctions, les refus ou même les menaces, l'enfant persiste, pleure ou crie, puis recommence et s'installe dans le lit, parfois à l'insu des parents. Les arguments rationnels utilisés par ces derniers ne produisent aucun effet sur l'enfant. Des réactions un peu vives peuvent déclencher chez ce dernier encore plus d'angoisse ou de défenses.

Les enjeux semblent ailleurs et différents pour chaque enfant. Chez certains, il s'agit d'aspirations archaïques, comme le besoin d'un contact proche, d'un corps à corps, le besoin d'entendre la respiration, de sentir l'odeur. Besoin qui rejoint les premiers langages dont dispose un bébé pour se relier au monde proche et à ses parents.

Chez d'autres, ce comportement est lié à l'angoisse de l'abandon, à la peur de voir disparaître l'un ou l'autre des parents, la mère surtout. Fermer les yeux, s'abandonner au sommeil pour la longue traversée de la nuit est une épreuve inquiétante pour quelques enfants, dont la sécurité primaire n'a pas été installée.

Chez d'autres encore, il s'agit d'une tentative de réappropriation de la mère quand celle-ci reprend son travail à l'extérieur.

Enfin, chez d'autres, l'enfant montre à sa façon qu'il ne veut pas grandir trop vite, qu'il veut rester petit pour qu'on s'occupe à plein temps de lui !

Ce qu'il faut savoir, c'est que tout enfant possède un imaginaire avec lequel il décode la réalité qui l'entoure, dont il capte des bribes pas toujours cohérentes, mais auxquelles chaque enfant va donner un sens, en faire une construction personnelle très intime.

Mes propositions pour aider un bébé à accepter de dormir dans son territoire, c'est-à-dire dans son berceau ou son lit, sa chambre, son environnement proche constitué de meubles connus, de jouets, de photos, sont des démarches d'ordre symbolique.

- Instaurer des rituels, toujours les mêmes au moment du coucher : doudou ou objet fétiche que l'enfant aime, près de lui, suspendu au-dessus de sa tête ou accessible.
- Prendre le temps de chanter une berceuse, qu'il peut murmurer avec vous.
- Raconter un conte, comme celui du petit chat qui ne voulait pas s'endormir seul parce que sa maman était toujours trop pressée de le coucher.

> La maman de ce petit chat était toujours occupée à ranger du linge, à terminer la vaisselle, à se laver les dents ou la tête, à repasser, à regarder la télé, à s'occuper de son mari qui est aussi le papa du petit chat. C'était une maman qui se laissait toujours déranger par son téléphone, elle répondait dès qu'il sonnait ! Une maman qui faisait plein d'autres choses encore que le petit chat n'aimait pas, mais pas du tout. Un jour, elle avait failli l'oublier dans un magasin, alors vous pensez si le petit chat faisait plein d'efforts pour ne pas se faire oublier ! Le soir, dans son lit, il faisait semblant de s'endormir. Puis, quand la maman chat et le papa chat allaient se coucher dans leur lit, il était malin, le petit chat, il attendait qu'ils s'endorment et, tout doucement, il ouvrait la porte de sa chambre et allait se coucher dans le lit de ses parents. Et vous savez où il se mettait ? Eh bien, justement entre les deux ! C'était un petit chat très malin. Mais, un jour, il a décidé de grandir

et il s'est dit : « Je vais montrer à maman, et surtout à papa, que je peux être grand et dormir tout seul ! Oui, tout seul ! Mais je ne veux pas qu'ils soient tristes si je grandis trop vite. »

- ∞ Inventer une phrase clé : « Crac et cric et voilà Jean dans son lit ! »
- ∞ Proposer des jeux symboliques. Voici deux exemples.
  - Acheter quatre poupées russes, en offrir deux à l'enfant (coller sa photo à l'intérieur) et en garder deux (coller sur l'une la photo de maman et sur l'autre la photo de papa). Chaque soir, demander à l'enfant à qui il veut prêter une poupée. En sa présence, mettre sa poupée dans la poupée de maman ou dans celle de papa, en disant : « Je viendrai dans ta chambre pour te rendre ta poupée demain matin ! »
  - La maman ou le papa peut porter durant quelques heures contre son corps un tee-shirt ou le vêtement de nuit de l'enfant (pour imprégner le vêtement de son odeur) et lui mettre ce tee-shirt ou ce vêtement pour la nuit.
- ∞ Trouver un petit objet que l'on placera sous l'oreiller en disant : « Demain matin, tu regarderas s'il est toujours là et tu me le donneras quand je viendrai te réveiller. » C'est comme un « marqueur » pour témoigner que maman sera encore là demain matin.

Souvent, la vraie naissance d'un enfant, c'est le jour où il peut dormir seul, quand il a trouvé la bonne distance avec ses parents.

« Moi, j'ai deux mamans et peut-être que bientôt j'en aurai trois »

Elles sont trois, entre onze et treize ans, qui discutent à l'arrêt du bus. Le bus est peut-être en retard ou elles sont en avance, ce qui me permet de profiter pleinement de leur échange.

« Moi, dit l'une, j'en ai assez d'entendre dans la cour de récréation mes copines qui disent : "Moi, j'ai deux mamans et deux papas." Ou celle qui annonce comme si elle avait gagné un prix : "Peut-être que je vais bientôt avoir trois mamans, car mon papa veut encore divorcer..." »

« Moi, répond l'autre, je n'en ai qu'une et elle m'élève seule. Heureusement, d'ailleurs ! Je ne me plains pas, car ça ne doit pas être très marrant d'avoir deux parents à la maison, si le deuxième est aussi pénible que le premier ! »

« Moi, enchaîne la troisième, j'ai une mère et un père pour moi toute seule. Mais ma mère, depuis qu'elle est devenue cheffe dans sa banque, elle n'est pas très maman, elle travaille beaucoup. Et mon père, il ne sait pas ce que c'est d'être un papa. Lui, il veut surtout la paix et le silence quand il regarde le tennis. Des fois, il crie pour n'importe quoi et nous, ma mère et moi, comme on veut que le calme revienne, on lui laisse la paix en disparaissant chacune dans notre chambre ! »

Il est évident que, avec la fréquence des séparations ou des divorces, par le jeu des couples recomposés, les enfants apprennent très vite à comptabiliser les mamans et les papas qui entrent et sortent de leur vie ou qui s'installent dans le long terme. Certains parlent aujourd'hui sans complexe de leurs nouveaux parents, détaillant les avantages ou les inconvénients du couple d'origine : « … Mon vrai papa et ma vraie maman, ils s'entendent vachement bien depuis qu'ils sont séparés ! » « … Le plus pénible, c'est le nouveau copain de ma mère. Il est gentil, mais, moi, je préférais celui qu'elle avait avant ! »

Leurs interrogations et témoignages autour du nouveau « mec de ma mère » ou de la dernière « meuf de mon père » sont sans émotion apparente, mais à l'intérieur que se passe-t-il ? Je pense qu'ils naviguent à vue dans leur découverte du monde des adultes. Qu'ils sont plus ou moins inquiets de percevoir la fragilité des sentiments qu'ils côtoient. Qu'ils intériorisent les accords imprévisibles, les contradictions provisoires ou permanentes des nouveaux adultes qui les entourent. Qu'ils sont confrontés à la découverte de modes de vie nouveaux. Qu'ils font face avec courage, et quelquefois avec humour, aux surprises ou aux chagrins vécus au cours de rencontres interfamiliales, à l'occasion de vacances, de fêtes, d'anniversaires ou d'enterrements. Les enfants d'aujourd'hui ont appris à se construire en se confrontant à la multiplicité et à la complexité d'un tissu relationnel, parfois incroyablement labyrinthique. Car certaines « nouvelles familles » sont de véritables patchworks instables et mouvants.

« Le nouveau mari de ma mère, moi, je n'accroche pas trop. Je ne peux pas l'appeler papa. Il fait des efforts, je le sens bien, mais il n'a rien d'un papa ! C'est un gamin, il rit de tout. Avec lui, on ne sait jamais si ce qu'il dit est vrai, car sept fois sur dix c'est une blague ! »

« Ma grand-mère ne se décourage pas ! Elle en est à son quatrième mariage, et mon dernier grand-père, son nouveau mari, il est plus jeune que mon père qui est le premier fils de ma grand-mère ! Je ne sais pas si tu suis, mais c'est assez chouette parce qu'ils s'entendent bien tous les deux. Ils jouent ensemble à des jeux vidéo comme *Second Life* ! »

« Le plus difficile pour moi, au début, ce fut avec la nouvelle copine de papa. Elle essayait sans cesse de jouer la "gentille copine" avec moi, comme pour me séduire. Elle voulait toujours savoir ce qui me ferait plaisir, qu'est-ce que je voulais faire plus tard, à quoi je pensais ! Tout a changé quand elle m'a demandé conseil pour le bébé qu'elle allait avoir. J'ai découvert que j'en savais plus qu'elle, parce que je m'étais occupée de mes deux petites sœurs après la dépression de maman… »

« Au début, c'est vrai, ça m'a fait de la peine de voir que papa était plus heureux avec sa copine qu'avec maman qui le disputait toujours. En fait, j'aurais voulu que maman ressemble à sa copine. Comme ça, ils auraient pu revenir ensemble ! J'aurais eu à nouveau de vrais parents ! »

« Mon nouveau père, il serait pas mal s'il n'était pas câblé études. Son disque dur est branché en permanence sur les mathématiques. Il n'arrête pas de me dire que l'avenir c'est l'informatique et donc qu'avec lui je suis assuré d'avoir une place dans la vie. Moi, je suis plutôt en prise directe du côté de ma mère, la peinture, la musique, les livres de poésie, la rêverie gratuite. À nous deux, je crois qu'on va gagner, il ne sait pas encore qu'il va nous perdre tous les deux… »

Entre un humour à vif, une lucidité à fleur de peau et parfois un peu de cynisme, les enfants d'aujourd'hui tentent de s'en sortir, de trouver leur place dans ces nouvelles familles recomposées. Ils vont peut-être grandir plus vite et, pourquoi pas, plus solides, qui sait ?

Adolescents ou… « adultolescents » ?

Autrefois, il n'y a pas si longtemps, les adolescents nous préoccupaient, nous inquiétaient, nous charmaient et quelquefois même nous rendaient jaloux de leur jeunesse, de leur désinvolture, de leur appétit de vivre et de leur créativité tous azimuts. Aujourd'hui, ils nous font peur. Malgré nous, il nous arrive de chercher à les fuir, de les éviter, de redouter la confrontation et même l'échange avec eux.

Est-ce eux, est-ce nous qui ne savons plus comment nous rejoindre, qui nous sommes éloignés, perdus, phagocytés les uns les autres par une société qui a privilégié la communication par technologie interposée au détriment d'une communication conviviale, directe, avec le prochain ? Est-ce eux, est-ce nous qui avons trop poussé à une communication de consommation (hyperdéveloppement de la circulation de l'information) en confondant tout cela avec la communication relationnelle (celle qui relie, rassemble et amplifie) ?

Les causes du malentendu entre adultes et adolescents sont multiples, certaines immuables, d'autres plus récentes. Ce petit texte est une invitation à réfléchir aux possibles envisageables. L'objectif est d'arriver à sortir de la passivité ou du désespoir, de la démission ou de la surenchère quand nous sommes confrontés à des adolescents.

L'adolescence est une étape délicate, chacun en convient, difficile et parfois chaotique à vivre. Mais aujourd'hui, c'est une étape qui semble durer, s'étirer autant en aval qu'en amont du développement d'un enfant. C'est une période qui commence de plus en plus tôt (où est la période de latence chère à tonton Freud ?) et qui se prolonge tard… À tel point qu'une nouvelle tranche de vie voit le jour entre adolescence et âge adulte, qu'on pourrait appeler l'« adultolescence », avec ces faux adultes qui sont à demeure (et à dépendance) chez papa, maman jusqu'à vingt-huit ou trente ans…

L'adolescence est une étape faite d'inquiétudes, de recherches et d'affirmations ; elle oscille entre errances et certitudes excessives. Elle se caractérise par une capacité à décrocher du réel, voire à le refuser et à se réfugier dans le rêve et l'imaginaire. Mais c'est aussi un temps de vie passionnant, plein d'effervescence, qui peut être le départ d'une vocation, d'un cheminement spirituel, d'un choix professionnel ou d'un engagement social tourné vers autrui.

Le plus souvent, c'est nous, il nous appartient de le reconnaître, nous, les adultes, qui sommes en difficulté, démunis devant des adolescents. Nous nous sentons souvent heurtés, irrités, désarçonnés par leur attitude pleine de paradoxes. Tout se passe comme si l'intensité de leur besoin d'être proches de l'un ou l'autre des parents était inversement proportionnelle à leur désir de s'éloigner de ces mêmes parents, comme pour mettre à l'épreuve le lien, pour en vérifier la solidité et la fiabilité.

De plus, le conflit besoin/désir semble au cœur même de leur dynamique. Ils veulent être compris sans avoir besoin de dire et toute tentative de compréhension proposée est vécue comme une intrusion, une effraction… qui déclenche fuites, comportements réactionnels, opposition ou sabotage des échanges.

Le plus souvent, c'est l'image d'eux-mêmes qu'ils n'acceptent pas. Ainsi, le dialogue est souvent refusé ou considéré comme une perte de temps. « De toute façon, vous n'êtes pas capables de comprendre ! »

Les adultes ne sont plus, à leurs yeux, des modèles et leur mode de vie ne représente pas toujours les bases d'un savoir-vivre auquel ils peuvent s'identifier. Ils ont souvent du mal à passer avec eux d'une relation de soins à une relation d'échanges, d'une communication asymétrique (je sais mieux que toi) à une communication en réciprocité (nous pouvons partager des points de vue différents).

Bien sûr, comme parents, comme accompagnants, nous avons de l'amour pour eux. Qu'il s'agisse de nos enfants ou de proches, nous avons des projets, des désirs, des rêves, nous souhaitons le meilleur pour eux, avec trop souvent le sentiment d'être à côté de la plaque. Nous pressentons bien qu'ils ont besoin de notre présence consistante, de nos témoignages, de notre humanitude.

Pour ceux qui souhaitent approfondir une relation dans la durée, une relation harmonieuse avec les adolescents en recherche, en souffrance, en difficulté d'être, j'ai l'ambition de proposer des balises claires pour construire, au-delà des échanges, une vision de nos attentes, de nos apports possibles et de nos zones d'intolérance envers eux. Une balise est un point de repère fixe (à défaut de père, il vaut mieux avoir des re-pères…) pour parvenir là où nous souhaitons aller… à condition d'avoir un but !

Les adolescents n'ont que faire des vœux pieux et des intentions louables, mais nous, nous avons besoin de nous remettre en cause, d'avoir peut-être des repères autres que ceux que nous croyons connaître pour, justement, avancer dans leur direction.

Les balises que je voudrais ajouter à celles que je vois autour de moi me paraissent concerner tous les adultes.

- ∞ Mieux cultiver le sens des responsabilités et tenir ses engagements.
- ∞ Mieux différencier besoin et désir, et apprendre à se positionner face aux attentes et demandes dont nous sommes l'objet. En nous rappelant que nous sommes là pour répondre aux besoins des adolescents et non à leurs désirs, même si tout désir… a besoin d'être entendu et reconnu comme tel.
- ∞ Prendre conscience que nous sommes, chacun, coauteurs de notre vie.
- ∞ Accepter de faire face à nos erreurs.
- ∞ Oser témoigner de nos valeurs et de nos engagements de vie en cohérence avec ces valeurs.

- Accepter de dédramatiser, de relativiser les comportements et les événements.
- Assurer la permanence d'une « présence au présent », soit ici et maintenant.

Je souhaite à tous ceux qui auront à accompagner, à soutenir ou seulement à entrer en relation avec des adolescents en difficulté d'être de pouvoir s'appuyer sur l'un ou l'autre des propos présentés ci-dessus, de les agrandir et de les amplifier autour d'eux.

Ados… amours et confidences

Au risque de choquer la sensibilité des adultes et celle des parents, je crois qu'il faut cesser de magnifier ou de glorifier les amours adolescentes. Ce sont souvent des amours mouvementées, en souffrance, en difficulté. Elles sont le reflet des contradictions et des difficultés que l'on vit au cours de cette période.

La rencontre avec l'amour, qui suppose une capacité de s'engager, de s'allier, est un chemin parsemé de leurres, d'obstacles et d'errances. Pour pouvoir aimer, il faut savoir s'aimer.

L'intimité des relations, qui comprend la découverte de l'intimité de chaque partenaire, est souvent bafouée par des jugements de valeur, des commentaires, des vantardises. Ces amours ne sont pas dans le don, mais dans la demande, dans l'exigence. Ce sont des amours immatures, dans le sens de prématurées, c'est-à-dire n'ayant pas tous les éléments pour se développer pleinement, car les adolescents sont coincés entre plusieurs besoins :

- le besoin d'être aimé, ou tout au moins d'être aimable, et la peur d'être désiré ;
- le besoin d'aimer, de se sentir accueilli, reconnu.

Ce sont ce que j'appelle de pseudo-amours : amours de besoin, amours de peur, amours de manque, amours de consommation, etc. C'est une banalité de dire que la rencontre tant désirée avec l'amour sera difficile, car elle se trouve chargée de trop d'idéalisations et de trop d'attentes… placées *sur* l'autre.

L'adolescence est un passage, un passage qui s'allonge de plus en plus aujourd'hui. Passage entre le monde de l'enfance et celui que j'appelle l'« adultotélie », pays imaginaire présenté aux adolescents comme un but à atteindre : le pays des adultes ! Avec une catégorie de plus en plus importante, celle d'« adultolescents », car l'âge de la dépendance a pratiquement reculé de dix ans en un siècle.

L'adolescence, c'est donc un âge d'incertitudes, de transitions, d'expérimentations où vont s'affronter, et même s'amplifier, toutes les contradictions d'une recherche de soi. Un parcours semé de doutes et d'interrogations, marqué par la peur, balisé par des affirmations péremptoires et des certitudes absolues. De plus, l'adolescent vit la rencontre avec un certain sentiment d'impuissance et une tendance à rejeter les contraintes. C'est l'âge où se combattent avec la même force besoin d'approbation et besoin d'affirmation. Ce que je vais dire n'a rien de péjoratif, c'est le constat d'une double rencontre : l'immaturité sociale rejoint l'immaturité affective.

Et tout cela, bien évidemment, va se retrouver exacerbé dans la recherche amoureuse et l'initiation (je devrais dire l'expérimentation) sexuelle. Vous remarquez quelque chose d'important, le décalage entre le discours et la pratique :

- dans le discours, dans l'intentionnalité, il y a l'aspiration, le souci d'associer sentiments et relations sexuelles, sécurité et durée ;
- dans la pratique, dans le vécu, il y a une dissociation entre sentiment amoureux et première expérience sexuelle : imprévisibilité et attentisme, exploration et confrontation.

La sexualité chez les ados

Les enjeux de la rencontre sexuelle chez les garçons et chez les filles semblent aux antipodes les uns des autres.

Chez les garçons, l'expérience ou la rencontre sexuelle (je préfère ne pas l'appeler pour l'instant relation sexuelle) est plus de l'ordre de l'impulsion, de la possession, de l'impression d'une marque, de la validation d'un possible et quelquefois… de la performance. Les témoignages nous montrent le désir de prouver quelque chose (pression du groupe, pulsion, attirance) : « Je suis capable de… » La rencontre sexuelle s'inscrit pour eux au présent, dans l'expérience à vivre.

Chez les filles, il me semble que c'est plutôt de l'ordre d'une autorisation qu'elles doivent se donner à elles-mêmes. « Tant que je ne me suis pas donné cette autorisation (autoriser dans le sens de se rendre auteur, en position de sujet et non d'objet), il me manque quelque chose. » « Après la première relation, je peux décider de tout faire, y compris d'attendre et de pouvoir lier plus étroitement sentiments et rencontre sexuelle. »

Quand on parle de sexualité des adolescents, encore faut-il prendre en compte trois types d'événements très distincts :

- ∞ les mutations du corps et les premiers émois : fantaisies ;
- ∞ le premier baiser et sa motivation : la curiosité. Il y a aussi les premières caresses osées, imaginées, attendues ou redoutées, avec en général des partenaires différents (période du flirt). Motivation : la découverte ;

- ∞ le premier rapport : 15 % des filles déclarent avoir eu des relations forcées (dont 8 % par un proche de la famille). Ce n'est pas d'un inconnu qu'il faut se méfier, mais d'un proche ! La motivation avancée pour les filles : l'amour (besoin de nommer l'amour pour légitimer le premier rapport) ; pour les garçons : l'attirance et leur propre désir physique.

L'adolescence est la période où vont s'affronter, se confronter, sans toujours pouvoir se lier ensemble, les composantes importantes de la rencontre amoureuse : le désir, l'attirance, les sentiments (et tout l'imaginaire qui surgit et les nourrit), la relation (le lien fondé sur la qualité de la communication), les mutations du corps, la sexualité et les découvertes positives ou moins positives qui en découlent.

Chacune de ces composantes va constituer une dominante à un moment donné dans l'évolution d'un garçon ou d'une fille. Mais la difficulté sera de faire se rencontrer ou cohabiter au même moment deux dominantes… semblables !

L'ÉCOLE, LIEU *incontournable*

Former les enseignants et les parents à la communication

Je chéris un projet : initier les élèves à la communication relationnelle sans violence et leur apprendre des règles d'hygiène relationnelle. Pour ce faire, pour vaincre les réticences à cet égard, je m'appuie sur la possibilité de former les enseignants et de sensibiliser les parents des enfants qui suivraient de tels cours.

Concrètement, la première partie du projet – former des enseignants – est possible, soit dans le cadre de la formation initiale (formation des maîtres), soit dans le cadre de la formation continue. Il serait même possible de délivrer un diplôme universitaire centré essentiellement sur une méthodologie de la communication relationnelle, ce qui donnerait un plus, offrirait une valorisation à certains enseignants. Ce diplôme pourrait être validé par différentes sessions sur deux ou trois ans.

La deuxième partie du projet, celle concernant le travail de sensibilisation des parents, pose par contre un réel problème, car un apprentissage nouveau et différent aux relations humaines va heurter dans un premier temps un certain nombre de croyances et de valeurs éducatives.

Quand un enfant de douze ans reviendra de l'école, où il aura appris ce jour-là que nous sommes toujours trois dans une relation : l'autre, lui et la relation existant entre les deux, et qu'il découvrira qu'il appartient à chacun de gérer son bout de la relation… nous pouvons imaginer l'ahurissement d'un père qui, reprochant à son enfant d'avoir de mauvais résultats scolaires, s'entendra probablement répondre : « Papa, mes difficultés scolaires sont chez moi, j'en suis seul responsable. Mais ton inquiétude, ton désarroi, ta colère devant mes notes… sont chez toi.

Pouvons-nous prendre le temps de parler ? Moi, de ce qui ne va pas en classe, toi, de ce que tu ressens et surtout de ce que je réveille chez toi comme blessures ou situations inachevées... »

J'ai l'air de plaisanter ou de présenter cela comme une scène surréaliste, mais apprendre à communiquer en conscience, à partir de quelques concepts clés, de règles d'hygiène relationnelle et d'outils favorisateurs, peut bouleverser non seulement les rapports familiaux, mais aussi les rapports sociaux.

Je prends une autre situation, autrement plus douloureuse : les violences sexuelles sur les enfants.

Il faudrait apprendre très tôt dans le cursus scolaire que tout être vivant reçoit deux types de messages de la part de son entourage.

- ∞ Des messages positifs ou messages cadeaux qui, si nous savons les recevoir, les agrandir, les amplifier, vont nourrir la vivance de notre vie, nous rendre plus « énergétigènes » et confirmer en nous la confiance et l'amour de soi.
- ∞ Des messages négatifs ou messages violents à base de disqualification, de dévalorisation, d'agression morale, psychologique ou physique qui vont nous dévitaliser, blesser la vivance de notre vie, qui sont « énergétivores » et qui vont nous faire perdre la confiance et l'amour de soi.

Il faudrait aussi enseigner aux enfants qu'il est possible, au moyen d'une démarche symbolique (avec le support d'un objet accompagné d'une lettre qui confirme que la violence reçue n'est pas bonne, qu'on ne souhaite pas la garder dans son corps et son esprit), de restituer, de remettre chez l'autre la violence, le point de vue qui lui appartient.

Si l'on enseignait ces deux éléments fondamentaux, je suis persuadé qu'il y aurait moins de violence dans le monde et une plus grande responsabilisation des adultes...

Mais cela supposerait que des enseignants puissent accepter, quand ils portent un jugement de valeur, quand ils dévalorisent, disqualifient ou dénigrent un enfant, de voir apparaître sur leur bureau un petit objet avec un billet disant pour l'essentiel : « Monsieur, Madame, le fait d'être traité d'idiot me fait violence. Aussi, je vous restitue votre point de vue, je le laisse chez vous… »

Ceux qui lisent mes propos vont crier au scandale… Ils auront raison. Mais le scandale, c'est de découvrir que nous, les adultes, déposons sur les enfants sans aucun contrôle, avec sincérité et aveuglement, nos propres peurs, nos propres désirs, nos propres croyances et surtout une masse incroyable de messages négatifs, qui vont polluer, détruire, tuer la confiance dans leurs ressources et leurs possibles. Le scandale, c'est de s'imaginer que certains enfants risquent d'abuser de la situation ou risquent de refuser de recevoir la moindre influence de la part des adultes. Quand un enfant se sent respecté, je ne crois pas qu'il ait envie d'abuser de ce respect qui lui est accordé.

Malheureusement, des résistances...

Dans tous les milieux, des gens opposent une résistance à un apprentissage plus explicite des relations humaines, à un développement d'une communication relationnelle non violente.

Je suis même effaré du peu de conscientisation des personnes décisionnelles, pour tout ce qui concerne la communication. Il y a de nombreux écrits autour de ce thème, quelques projets, surtout des velléités, beaucoup de vœux pieux, une intentionnalité diffuse pleine de désirs abstraits, mais peu de décisions concrètes, peu de références opérationnelles et de moyens mis en œuvre pour faire appel à une méthodologie possible afin de transmettre aux enfants et aux adultes une autre façon de communiquer que celle qui domine actuellement dans tous les secteurs de la vie. Combien il est difficile de modifier les mentalités ! Combien de réticences, de résistances et même de refus, voire de rumeurs et de déformation autour de la simple idée d'un enseignement possible de la communication à l'école comme une matière à part entière !

Dans les témoignages que je reçois de la part des enseignants ou de quelques responsables d'établissements scolaires, l'interrogation porte sur divers sujets : comment faire un pas de plus, comment sensibiliser davantage les enseignants, comment dépasser l'inertie et aller au-delà des résistances pour tout ce qui touche au changement en matière de communication ?

Il faut savoir et accepter que tout ce qui touche aux relations humaines remet en cause des enjeux profonds dans la vie intime et sociale de chacun et, en premier lieu, nos croyances. Le thème de la communication est un thème sensible qui concerne l'ensemble de notre relation au monde et touche à la vie du couple, de la famille, de l'école, de la santé, à l'ensemble de nos mœurs, bref, à tout ce qui fait référence non seulement aux individus mais aux structures institutionnelles, comme l'éducation, la justice, la santé, la culture, le monde des loisirs… et surtout aux bases de la citoyenneté.

Et, je vais le dire librement, c'est pour cela que certaines sectes, très habilement, avec beaucoup de savoir-faire, proposent des sessions de pseudo-formation en relations humaines, non pas pour tenter de libérer les personnes et de promouvoir leur épanouissement ou de les conduire vers une vie meilleure comme elles le prétendent, mais au contraire pour mieux les manipuler, les asservir et les aliéner.

Apparemment, se former aux relations humaines est une démarche pleine de risques… Pleine de risques, d'impasses possibles et de déviances, si ces formations ne s'inscrivent pas dans une dimension claire : permettre aux gens de se sentir plus responsables, plus cohérents et plus respectueux d'eux-mêmes et d'autrui en acceptant de devenir coauteurs de leur propre existence.

J'insiste sur la dimension pédagogique de la démarche : accessible à chacun, transmissible et soumise au principe de réalité au moyen d'une confrontation quotidienne avec tous les aspects de la vie. Dans la communication relationnelle que je propose, je défends l'idée de responsabilisation. Nous vivons dans une culture de l'assistanat et de la victimisation. C'est toujours la faute des autres ; cela permet de faire l'économie d'une interrogation et d'un changement personnels.

Je vais prendre un exemple concret pour témoigner du changement de regard, de conduite et donc du bouleversement que peut introduire la mise en pratique d'une seule règle d'hygiène relationnelle telle que je souhaiterais qu'on l'enseigne à l'école. Cette règle consiste à apprendre à parler à l'autre, plutôt que de parler sur lui. Beaucoup de personnes sont incapables d'accepter ce genre de règle, car parler à l'autre suppose être capable de parler de soi, de pouvoir se définir, de se positionner, de s'affirmer et ainsi de risquer de se dévoiler. Pour ces personnes-là, il est plus prudent, plus vital de parler sur l'autre, de penser à la place de l'autre. Je vous invite à faire vous-même l'expérience, un jour, de demander à une personne proche de parler de ce qui l'habite, de ce qu'elle est, de sa personnalité. Vous constaterez que les gens éprouvent une certaine difficulté à se définir, à parler d'eux-mêmes…

Le respect de quelques règles d'hygiène relationnelle apprises à l'école, exploitées dans la famille et le monde des loisirs, l'utilisation d'outils favorisateurs de la communication, telle la visualisation, suffiraient à ouvrir la porte du changement et modifieraient non seulement le comportement de certains adultes, mais aussi celui des enfants !

La question de l'autorité et du pouvoir en éducation

Une question fondamentale en éducation, et je dirais centrale en pédagogie, qui mérite toute notre attention, est celle du pouvoir et de l'autorité. Je rappelle que, dans le domaine des relations humaines :

- avoir du pouvoir sur quelqu'un, c'est exercer une influence par la contrainte, quelle que soit la forme de cette contrainte ;
- avoir de l'autorité, c'est exercer une influence sur quelqu'un pour lui permettre de se réaliser, d'être plus lui-même, d'être auteur de sa vie…

Apprendre la communication dès le plus jeune âge serait un des plus sûrs moyens de combattre la violence et même de la prévenir… C'est mon combat depuis de longues années.

Je ne crois pas aux réformes en aval ; je crois important de les faire en amont.

Vous savez certainement que la violence chez les enfants (et les ex-enfants que sont les adultes) est un langage. Un langage réponse face à l'impuissance, à la peur, à l'injustice, à l'humiliation ou au sentiment d'être incompris, pas entendu… C'est donc une violence seconde. Et c'est à nous, les adultes, de nous interroger sur les conditions d'existence de la violence première.

Pour illustrer mon propos, je vais partir d'une situation scolaire banale. Paul, douze ans, en plein cours de maths, s'écrie soudain en se tournant vers son voisin Pierre, qui a le même âge : « Merde à la fin, t'es chiant, tu n'as jamais rien… » et il reçoit un coup de poing de la part de Pierre.

L'enseignant qui intervient au sujet de la politesse ou de l'agression pour protéger ou sanctionner risque de ne rien entendre s'il ne reprend pas la situation, non en termes de: «Que s'est-il passé?», mais plutôt de: «Quel est ton vécu à toi et à toi?» Car, en matière de conflit, ce ne sont pas seulement les faits qui sont importants, mais la façon dont ils sont vécus par chacun des protagonistes.

L'enseignant entendra que, au départ, il y avait une situation vécue différemment par chacun de ces enfants. Paul accepte de se laisser emprunter des cartouches d'encre par Pierre, et cela depuis bientôt trois mois, depuis le début de la rentrée scolaire, mais cette situation le met mal à l'aise. Ce matin, il est excédé et il prend la décision de sortir d'une situation où il a le sentiment d'être exploité par Pierre. L'expression «t'es chiant», qui semble l'élément déclencheur, parle *sur* l'autre mais ne parle pas *à l'autre* et donc n'apprend rien à Pierre du ressenti réel de Paul. L'insulte de Paul est une violence seconde par rapport à la violence première qu'il subit depuis trois mois.

Le coup de poing de Pierre est une violence seconde par rapport à une violence prime, peut-être très ancienne. Peut-être que Pierre est un enfant du désir, auquel ses parents ont fait une violence implicite en ne lui apprenant pas la différence entre un besoin et un désir, peut-être qu'ils ont entretenu chez leur enfant le leurre que tout lui est dû, sans contrepartie. Qu'il suffit de demander, d'exiger, pour avoir et obtenir...

Voilà une violence dont on ne parle jamais, celle d'élever les enfants en oubliant que nous sommes là pour répondre à leurs besoins et non à leurs désirs. Une telle attitude entraîne chez eux une dynamique d'exigences et de consommation, développe des seuils très bas de tolérance à la frustration, qui font que toute rencontre avec la réalité est vécue par eux comme une agression à laquelle ils répondent par une contre-agression.

Si la lutte contre la violence à l'école devenait vraiment une des priorités des responsables de l'enseignement à tous les niveaux, peut-être que ma démarche susciterait enfin des initiatives en ce sens... Car je crains que les enseignants aient de plus en plus de mal, dans les années à venir, à faire face à l'émergence de cette violence qui, je le rappelle, est le langage le plus familier aux enfants et adolescents d'aujourd'hui.

Je souligne qu'il y a même une urgence dans ce domaine, car nous avons parlé de violence, mais nous aurions pu parler d'autoviolence : les suicides d'enfants, la pratique de la drogue qui est l'équivalent d'un suicide différé, les somatisations qui servent de défense…

Oui, il y a urgence et, malgré les résistances et les réticences pour tout ce qui touche à la communication, les personnes décisionnelles devraient prendre la responsabilité d'inclure dans les programmes éducatifs le souci d'une éducation à la citoyenneté, un enseignement de la communication relationnelle non violente qui donnerait aux enfants les moyens de découvrir ce que permet une communication ouverte : demander, donner, recevoir et refuser, qui sont les bases de tout échange.

L'école, lieu d'apprentissage de la communication

Une des grandes carences de l'école actuelle, c'est de rester trop focalisée sur les processus d'apprentissage de nouveaux savoirs (dans de multiples domaines) et sur l'intégration d'un certain nombre de savoir-faire. Ce que l'école ne transmet pas assez, c'est un apprentissage au :

- ∞ savoir-être (pouvoir s'affirmer, se positionner, se définir) ;
- ∞ savoir-devenir (comprendre que nous sommes en évolution permanente) ;
- ∞ savoir-créer (ne pas s'enfermer dans des certitudes stériles).

Savoir-être, savoir-devenir et savoir-créer se construisent à partir d'un apprentissage à la communication relationnelle.

Il faudrait insérer très tôt dans le cursus scolaire les apprentissages permettant à chacun de s'exprimer, d'être entendu et de pouvoir ainsi échanger et partager en réciprocité.

Je considère que l'apprentissage de la communication relationnelle est le seul antidote non violent à la violence. Nous vivons aujourd'hui dans un monde où la violence est devenue un langage qui se répand partout dans toutes les sociétés, dans toutes les couches sociales et qui commence de plus en plus tôt chez… les enfants.

J'ai cette utopie de donner mission à l'école d'apprendre aux enfants des règles d'hygiène relationnelle communes pour pouvoir échanger, partager, mettre en commun sans rapport de force, sans relation dominant/dominé, sans mise en dépendance, sans aucune aliénation possible des uns et des autres.

LE CHANGEMENT, *un passage obligé*

Le dur mais passionnant éveil au changement

Le XXe siècle, particulièrement dans sa deuxième moitié, a vu une explosion des recherches et des démarches afin d'accéder à un mieux-être ; on assista aussi à une quête du bonheur qui s'appuyait sur de multiples expériences tant individuelles que groupales.

Au départ quelquefois, un vague besoin de dépasser ses limites, d'aller au-delà des conditionnements, de remettre en cause des croyances et des habitudes, de sortir d'un système de référence vécu comme oppressant ou trop limitatif. Parfois, le point de départ d'une remise en cause sera une rencontre, l'écoute d'une émission de radio ou de télévision, une conférence, une lecture…

« J'ai lu une petite phrase de seulement quelques mots : "Ose ta vie, toi seule la vivras." Elle trotta dans ma tête plusieurs jours. Ce fut comme un signal, une invitation à me respecter. J'ai entrepris une psychothérapie qui modifia toute ma relation au monde et, en particulier, à mon mari et à ma mère. Le processus du changement commencé, tout un pan de ma vie bascula : j'ai changé de métier pour me reconvertir dans un travail plus relationnel. »

D'autres fois, une crise existentielle autour d'événements liés à une rupture, à une perte, à l'éruption d'une maladie sera l'élément déclencheur d'un processus de changement.

« Quand mon amie m'a quitté, je n'avais rien vu venir. Je vivais avec elle en aveugle. Nous vivions ensemble depuis plus de neuf ans. J'étais bien avec elle, et je pensais que je la rendais heureuse… Ce qui m'a blessé, c'est qu'elle partait non pour un autre, mais pour elle-même : "J'étouffe, je ne grandis pas, ma relation avec toi est stérile." Je me suis longtemps débattu avec cette phrase. Je trouvais mon amie injuste, égoïste et, pendant plusieurs mois, cela m'apaisait un peu de l'accuser, de reporter sur elle la responsabilité de mon malaise.

J'ai commencé plusieurs relations, je devrais dire que j'ai consommé des femmes pour me prouver que je n'étais pas si mauvais qu'elle le prétendait... Jusqu'au jour où l'une d'elles m'a fait découvrir un livre, puis un stage sur le thème de l'amour... sur soi. Le reste a suivi... Aujourd'hui, je pourrais dire, sans aucune ironie, qu'elle m'a rendu un grand service en me quittant. Cela m'a réveillé. »

Ce qui me touche et m'émerveille dans l'éveil au changement, c'est la capacité de certains à entrer en résonance avec un mot, une phrase, un aphorisme qui, tel un morceau de puzzle, vient se placer au bon endroit, dans leur histoire, et dévoiler tout un panel de non-dits, donner du sens à un événement, libérer des énergies ou susciter des interrogations.

« Quand ma femme m'a offert le livre *Le courage d'être soi*, j'ai cru qu'elle se moquait de moi. À cette époque, ma vie était réduite à quelques bulles frénétiques qui remplissaient mes journées. Tout lentement, dans le désespoir et dans le manque, j'ai passé de l'alcool au cannabis. Le déclic du changement a été ce titre du livre qui m'a fait plonger dans la démarche d'entreprendre un travail sur moi. Le groupe de parole qui m'a accueilli m'a offert la chance de me retrouver moi-même. Oui, j'ai eu "le courage d'être soi", de renoncer à ces tourments et de découvrir la Vie. Je suis heureux de renaître et j'ai voulu partager avec vous ma joie de revivre à nouveau... »

Lorsqu'une personne s'engage dans un processus de changement, elle éprouve ensuite soit des enthousiasmes, soit des résistances ou même parfois des autosabotages, des errances, qui vont la freiner, voire l'égarer. Car changer est un véritable travail au sens mécaniciste et productif du terme, et chacun va entrer dans ce processus avec les limites et les possibles de sa liberté.

Un changement tourné vers soi ou vers l'autre ?

Le développement de la psychologie et de la psychanalyse de même que l'apparition de toutes sortes d'écoles thérapeutiques ont favorisé l'accès à de multiples démarches de changement ou de développement personnels. Dans ce contexte, certains s'interrogent sur les limites et même, pourquoi pas, sur les dangers de cette culture du moi.

Cependant, à mon avis, plusieurs confondent la recherche du moi intérieur de chacun et une culture de l'ego qui renforcerait, selon eux, l'individualisme ou le narcissisme déjà présents dans notre société. Je me permets donc de rappeler quelles sont les grandes directions vers lesquelles débouche tout travail de conscientisation et de recherche de soi.

Que cet engagement soit d'un caractère égocentriste (centré sur soi) ou allocentriste (centré sur l'autre), il va en effet déboucher à des degrés différents sur des changements, dans au moins cinq grandes directions.

- ∞ Une modification des rapports entre hommes et femmes. Pour les hommes, une plus grande ouverture, une plus grande sensibilité au dialogue, au partage, au dévoilement de soi et à l'acceptation de cette part de féminin en eux. Pour les femmes, moins de recours à la « victimisation », moins de tendances à la dépendance, une affirmation plus grande et un meilleur positionnement de leurs désirs.
- ∞ Une relation plus critique à l'égard de la société de consommation, une vigilance plus accentuée à la relation avec la nature, une attention particulière à la biodiversité.

- ∞ Une sensibilisation à une « écologie relationnelle », c'est-à-dire une recherche pour des relations plus conviviales, plus centrées sur le partage et la réciprocité. Une clarification et une réconciliation possibles avec son passé, sa famille d'origine. Une meilleure prise en compte de son corps et de sa santé, grâce à des pratiques exigeantes (yoga, méditation, arts martiaux).
- ∞ Une ouverture au divin ou une réconciliation avec la dimension spirituelle rendue possible par un renoncement à des croyances vécues comme étant trop infantilisantes et par une ouverture à d'autres approches spirituelles. Avec parfois un nomadisme spirituel qui autorise à prendre dans différents courants religieux ce qui est perçu comme bon pour soi.
- ∞ Une meilleure relation à soi et, par là même, aux autres, dans le sens d'une plus grande écoute à ses propres besoins relationnels et à ceux d'autrui.

Ainsi, nous voyons se développer, avec le reflux du mouvement nouvel âge des années 1980, une culture du moi qui semble aller vers une culture de l'altruisme et même de la solidarité. Cette vague avait été la partie la plus spectaculaire du mouvement issu de la psychologie humaniste, mouvement centré sur le développement et le changement personnels. Les médias ont fait leurs choux gras de cette vague ; ils ont parfois discrédité certaines de ces approches et ont souvent même déformé le sens profond de ce mouvement, pourtant aussi important que les mutations de société que nous avons vues apparaître lors des trois dernières décennies.

Je ne cherche pas ici à réhabiliter cette culture de l'ego, mais à souligner quelques-uns de ses prolongements positifs.

Quelle démarche entreprendre vers le changement ?

Un des drames qui structurent notre être en devenir est que nous naissons psychologiquement inachevés et que notre combat consistera à sortir de la dépendance (la première, celle de nos parents ou de nos proches) pour accéder à plus d'autonomie. Avec des intentions et des moyens variés, nous tentons d'exercer une influence sur notre environnement, nous tâchons de dépasser nos limites, de développer et d'agrandir nos ressources, de trouver le sens de certains de nos actes et l'enjeu mystérieux de notre place dans le monde. Voilà quelques points qui me semblent caractériser notre passage dans cette existence.

L'humanitude de chacun d'entre nous oscille entre vulnérabilité et grandeur, défile entre errances et ancrages, balance entre courage et peur. Nous avons là quelques-unes des clés qui dynamisent la plupart des démarches de changement et de développement personnels entreprises ces dernières années par des hommes et des femmes de toutes les classes sociales.

Il y a tout un « marché de l'intimité et du désespoir » qui s'est hyperdéveloppé dans les quarante dernières années autour d'angoisses réelles, du mal-être, du désir de mieux-être pour soi et pour ses proches, pour ses enfants (c'est un des motifs pour beaucoup de femmes, qui les poussent à entreprendre ce qu'il serait possible d'appeler « un travail sur soi » s'il n'était pas récupéré par des marchands de « bonheur en kit »).

Il y a bien sûr des réponses, des activités comme la sophrologie, l'accompagnement (*coaching*), la méditation ou même la relaxation, le massage tibétain, l'iridologie, etc. Beaucoup de ces thérapies ou outils de changement sont valides, ont fait leurs preuves. Ce qui est plus discutable, c'est la pratique de nombreux intervenants : consultants, animateurs, thérapeutes. Le problème est de différencier les personnes compétentes, bien formées, ayant une éthique, de celles qui le sont moins ou qui sont des marchands de bonheur (non à bon marché !). De tels marchands proposent des recettes qui maintiennent leurs « clients » en dépendance, en leur laissant croire que sans eux ils seraient perdus ! Je conseille aux gens de s'adresser à des personnes qui ont une formation, des compétences et de l'expérience, et surtout qui sont membres d'une association professionnelle reconnue.

La démarche d'accompagnement aura un impact plus important si elle est liée à l'approche relationnelle et si elle est accompagnée de la mise en place de ces ancrages :

- elle s'appuie sur un contact direct et un suivi, ce qui suppose un engagement explicite de la part du demandant et de l'écoutant ;
- elle se construit sur la recherche d'un partage autour d'un vécu personnel ou professionnel de la part du demandant ;
- elle est nourrie et dynamisée par une écoute active, centrée sur la personne (plus que sur le problème) de la part du *coach* ;
- elle repose sur la confiance et la fiabilité que chacun accorde à l'autre.

Pour moi, toute pratique de *coaching* ou d'accompagnement doit se faire par des professionnels formés à une présence dans l'écoute centrée sur la personne. Le demandant, en situation d'assumer une grande responsabilité et de prendre un engagement envers soi, est souvent confronté à des choix contradictoires, paradoxaux et même parfois conflictuels entre ses propres valeurs et les valeurs sociétales ou celles de la structure qui l'emploie.

Par ailleurs, contrairement à ce que prétendent certains, je ne crois pas que le *coaching* soit une dérive dans le domaine de la vie intime. Même si la démarche fait souvent appel à une recherche de nouvelles valeurs, ce n'est pas le *coaching* qu'il faut craindre ici, mais l'influence de sectes et de mouvements fondamentalistes qui s'insinuent dans la sphère intime et entraînent des dépendances et des régressions surprenantes !

LE RÊVE *indispensable*

Rêver de changer de vie !

Est-ce qu'on est plus heureux en rêvant de changer de vie ? Je peux imaginer que l'on est certainement « provisoirement » plus heureux quand on rêve d'une vie améliorée, libérée d'engagements qui nous étouffent.

Espérer un changement, c'est surtout visualiser le dépassement d'une situation insatisfaisante, d'un mode de vie frustrant ou menacé. Cela s'accompagne le plus souvent du désir de voir évoluer les relations significatives de notre vie (professionnelle, amoureuse, conjugale ou familiale). L'aspiration à un changement contient une espérance qui nous dynamise, qui nous donne un surcroît de courage par rapport à ce que nous vivons. Cette projection dans un avenir proche ou lointain nous aide à affronter le présent avec plus de bienveillance et surtout plus d'énergie.

Notre société, nos modes de vie en Occident sont très formatés, balisés ou encadrés, à la fois par des contraintes qui nous échappent et par des engagements qui nous lient. Le rêve d'une vie différente, quand il n'est pas trop coupé du réel, est très énergisant. Il peut nous aider à changer notre regard, nos conduites et nos comportements, nous stimuler à nous dépasser. Même si tous nos rêves ne se réalisent pas, ils sont porteurs d'un mouvement. Je ne pense pas qu'ils développent des ancrages dépressifs durables.

Je crois que le propre d'un rêve éveillé, c'est de chercher sa réalisation, sinon il ne reste qu'un fantasme. On peut cependant rester longtemps habité par un rêve et ne le réaliser que des années plus tard. Un rêve peut être semblable à une amorce, à un détonateur ; il contient parfois un élément qui peut déclencher un changement significatif et nous entraîner sur des chemins totalement différents que ceux que nous avions anticipés.

Avec l'âge, nos rêves évoluent, se transforment ou plutôt prennent une autre forme, une autre dimension.

Les rêves de nos vingt ans sont souvent d'une grande amplitude : on rêve de changer le monde, de découvrir l'amour, le vrai, le sublime, de faire le bien, de supprimer l'injustice, la guerre et la souffrance dans le monde.

Les rêves de nos trente ans sont plus personnalisés, ancrés dans notre vécu quotidien, tournés vers un mieux-être matériel, familial et professionnel.

Un peu plus tard, nos rêves sont plus dirigés vers nos proches : les parents (santé) et les enfants (réussite, succès, engagement dans la vie).

Plus tard encore, nos rêves reprennent de l'ampleur, sont plus oblatifs, plus humanistes, moins matérialistes et peut-être ont-ils une coloration plus spirituelle.

Quant au rêve amoureux, je dirais qu'il y a aujourd'hui (et je le crois profondément) une surévaluation de l'amour. On attribue en effet à tort au sentiment amoureux tous les pouvoirs : celui de réparer les blessures de notre enfance, celui de nous transformer, de nous faire renoncer à des dépendances ou à des comportements à risques, de nous donner la force d'affronter les difficultés professionnelles ou sociales et, surtout, de nous donner la force de survivre aux violences de l'époque. Je crois certes qu'il est possible de s'appuyer sur le dynamisme, la force et la créativité incroyables que peut procurer le sentiment amoureux réciproque (ce qui est plus rare qu'on ne l'imagine !). Mais pour que le rêve amoureux puisse trouver sa place dans la réalité, il faut savoir que ce qui maintient un couple, deux êtres ensemble dans la durée, ce n'est pas l'amour, mais la qualité de la relation qu'ils peuvent se proposer l'un à l'autre.

Le voyage tant rêvé

Au moment où surgit une idée, au sortir d'un rêve, à la naissance d'un désir, nous ne savons pas ce qui va se passer. Nul ne sait ce qu'il peut entreprendre et réaliser tant qu'il n'aura pas essayé.

Il faut parfois beaucoup de temps pour faire germer l'idée, énormément de volonté pour la sortir de notre imaginaire, un pic d'enthousiasme pour la projeter dans le réel et une grande énergie pour la confronter à la réalité environnante. Puis, il est urgent de trouver les personnes ressources pour la partager, les alliés qui nous soutiendront et des moyens concrets pour l'ancrer dans notre quotidien.

C'est ce qui m'est arrivé à l'occasion d'un grand rêve qui m'habitait depuis vingt ans, celui de partir sur les traces de sages, dans le vaste pays de Chine. J'ai réalisé ce rêve en 1995. L'élan initial, ce sont mes enfants qui me l'ont donné. Pour mon anniversaire, étant donné que mon agenda de travail avait gardé un petit air de… légèreté, j'ai reçu de leur part, à ma plus grande surprise, un document validant mon inscription vers ce pays. J'ai découvert, bien après, qu'il me ramenait sûrement vers des racines lointaines.

Mon voyage en Chine fut un véritable défi. J'allai même jusqu'à m'inscrire à un cours : apprendre quelques rudiments de chinois et surtout des expressions en langue anglaise. Que de découvertes enthousiastes qui m'ont permis de sortir de mes habitudes et de me préparer à la rencontre d'un autre pays, de sa culture, de ses coutumes et d'un tout autre langage symbolique que je me suis mis à apprivoiser, bien que je l'utilisais déjà un peu dans mes séminaires.

Une de mes filles, alors étudiante à Aix-en-Provence, habitait avec moi. Dans sa tendresse, elle a jalonné chaque jour du mois précédant mon départ de ses attentions créatives, discrètement déposées chaque matin sur la table du petit-déjeuner ou affichées sur le frigo. Dès les premières photos splendides de poupées chinoises, de la rivière Li à Guilin et la place Tian'anmen, ma fille m'avait prévenu à sa façon, par son écriture à l'encre rouge : « Bonjour mon papa préféré ! Tu me connais, j'ai plus d'un tour dans mon sac et plus d'une photo dans mes tiroirs ! Alors, bonne journée et pensées tendresse pour toi. Avec tout mon amour. Ta fille aimée. » Chaque matin, j'ai ainsi découvert, l'une après l'autre, les merveilles qui m'attendaient, l'entrée de la Cité interdite, les dragons des escaliers en marbre blanc, le Temple du ciel, les tuiles vernissées des pagodes, les étalages de chapeaux de paille, les rizières patronnées par l'imposant Everest, la fabuleuse Grande Muraille. Et toujours ses petits messages… « Mon doux papa, la Chine à grands pas chaque jour se rapproche… Tendrement. »

Tous ces messages me renvoyaient à l'enfance, aux attentes des petits matins de Noël. J'étais prêt à toutes les surprises et je m'attendrissais chaque matin de l'inventivité de ma fille et de sa constance à tout préparer, certainement tard dans la nuit. Elle en profitait pour me donner également, comme toujours entre nous deux, des petites informations d'intendance : « Je ne mangerai pas à la maison ce soir, je rentrerai tard. Passe un bon week-end ! »

Elle s'était mise à compter les jours minutieusement. « Dans 13 jours, la Chine sera à toi. Câlins. » « Aujourd'hui, voici ton dernier cours d'anglais. Je suis toute fière de toi, mon papa, et félicitations pour tes avancements ! Have a good day ! » Et toujours des images soigneusement découpées, formidablement belles, des acteurs de théâtre chinois aux masques impressionnants, les cavaliers de l'armée engloutie de Xi'an, des personnages déjeunant dans la rue, des pagodes aux laques éclatantes, des enfants souriants, des statues de la déesse Kuan Yin voisinant avec un bus à étage, mais aussi des publicités ultramodernes, ce qui lui faisait noter : « Ce grand pays où cohabitent tradition et modernité… Je t'embrasse. »

Sur la porte du frigo, il n'y avait pratiquement plus de place pour afficher ce qui formait peu à peu un somptueux patchwork de cartes et d'images de Chine que nous contemplions ensemble en prenant nos repas.

Ce fut un fabuleux voyage. J'avais emporté avec moi une des premières cartes de ma fille, celle des deux poupées chinoises au regard tendre. Elle a symbolisé la présence de ma fille à mes côtés. Je me souviens du premier soir à Pékin, en ouvrant ma valise, j'ai trouvé, glissée entre mes vêtements, une petite enveloppe ornée d'un angelot de la grande fontaine de la Rotonde ! À l'intérieur, il y avait une carte postale de la Sainte-Victoire et ces mots qui m'ont tant ému et qui m'émeuvent encore : « Je suis si contente que tu accomplisses ce beau rêve de visiter la grande Chine ! Mes plus belles pensées d'Amour sont avec toi au bout du monde. Je t'aime, papa. Ouvre grand tes yeux, écris, dessine, photographie, enregistre, et reviens-nous rempli de beaux souvenirs ! Ton petit cœur, ta fille qui t'aime… »

Oui, m'émerveiller. M'émerveiller encore et toujours de la douceur et de la tendresse des miens, de toutes ces attentions, de tous ces mots d'amour offerts pour m'accompagner « sur la Grande Muraille » et même pour m'accueillir à mon retour de l'« empire du Milieu ».

Si tendre, la vie est là, en moi… toute présente, dans le partage infini qui m'est offert et que j'apprends encore à accueillir. Dans la joie du plein à recevoir, dans celle du plein à donner.

J'ai appris ainsi qu'un rêve doit passer par un vrai projet pour qu'il puisse, un jour, voir sa réalisation, sans qu'il soit trop bousculé. J'ai surtout appris qu'on doit prendre le temps de se préparer intérieurement pour vivre, dans l'amour partagé avec nos êtres les plus chers, la plénitude de la réussite d'un projet !

Destins de rêves

Si vous lancez une brassée de rêves dans l'azur, vous récolterez peut-être une toute petite partie qui retombera sur votre tête, une autre partie rejoindra certainement les désirs et les espérances de vos proches et le reste naviguera dans les limbes de l'univers dans l'attente d'autres rêves qui le rejoindront. Mais le plus souvent, vous ne saurez rien de ce qu'il adviendra de tous ces rêves offerts au monde.

L'essentiel de ces rêves peut rejoindre des inconnus réceptifs dont vous ne soupçonnez même pas l'existence, ou encore – qui sait ? – le regard neuf d'un enfant étonné, qui les portera longtemps en lui pour en faire un projet de vie. Ainsi vous aurez semé ce plus de vie émerveillée dont l'univers a tant besoin pour s'accomplir et se régénérer.

Si, maintenant, vous observez attentivement la constellation de vos rêves, vous découvrirez qu'une poignée d'entre eux seulement sera susceptible de se transformer en projets, soit de passer de l'imaginaire à la réalité. Pour miracle, quelques-uns, très rares, coïncideront peut-être avec les rêves et les projets d'un être proche et aimé ! Et un seul peut-être de tous ces rêves franchira tous les obstacles, deviendra une découverte importante, une réalisation grandiose ou une œuvre d'art !

Vous allez découvrir qu'il y a deux principales sortes de rêves : ceux que vous pouvez réaliser seul et ceux dont la concrétisation dépend de la participation d'une autre personne ou de l'aide de plusieurs.

Vous serez parfois surpris de vous apercevoir que vous avez laissé en dépôt ou en caution chez quelqu'un, en garantie ou en gage d'amour, des éclats, des bribes ou même des pans entiers d'un rêve de vie. Il vous appartiendra de vous réapproprier ces rêves en jachère. Soyez non pas prudent, mais exigeant, ne laissez pas vos rêves dans les mains de ceux qui les disqualifient ou les banalisent. Reprenez-les, pour les porter plus haut, plus loin, pour les nourrir encore d'espérance.

Vous pouvez aussi reconnaître avec une certaine amertume que certains de vos rêves ne sont que des contes que vous vous racontez, de simples châteaux de cartes. Et vous aurez à admettre que nul autre que vous ne possède le pouvoir de renoncer à les alimenter afin, si vous le souhaitez, d'en construire d'autres, peut-être moins ambitieux ou moins magiques, mais plus solides et susceptibles de s'enraciner dans la réalité.

Si toutefois vous constatez que certains de vos rêves sont l'occasion de rêveries stimulantes, si vous convenez que d'autres sont des utopies viables au service de causes légitimes qui peuvent vous porter longtemps sans vous épuiser ni vous couper de vos responsabilités, alors il vous restera à voir comment vous occuper… vous-même de ces rêves-là. Comment en prendre soin en les laissant germer dans votre imaginaire le temps d'une gestation.

Si vous acceptez enfin que le sort de certains rêves est de demeurer indéfiniment à l'état de rêves, partageables ou non, vous participerez à nourrir le fond imaginaire et symbolique de l'humanité. Ainsi, vous gagnerez en lucidité, en liberté et en inventivité, vous contribuerez à faire œuvre de créativité et vous respecterez le rythme respiratoire de la vie désirante dont le monde a tellement besoin pour ne pas s'asphyxier dans sa course effrénée vers des progrès illusoires.

LA SOUFFRANCE... *inutile*

Le lien du manque

J'ai été souvent interrogé sur la nature du lien ou les diverses formes de l'attache qui peut relier deux êtres ensemble sans qu'ils puissent se libérer, lien qui les agrandit parfois, mais qui peut aussi les étrangler ou les aliéner.

La nature et la qualité d'un lien changent au cours d'une relation. Ce dernier varie d'une part avec l'évolution des sentiments et d'autre part en fonction de ce qui peut être réactivé du passé. Le lien peut aussi changer en fonction des positions de pouvoir, d'influence ou de soumission à l'œuvre chez l'un et chez l'autre.

Le lien peut être vu comme un chemin, un passage où vont circuler des informations, des messages, des échanges. Échanges qui ont lieu dans deux directions opposées :

- ∞ échanges à caractère stimulant, nourrissant, amplifiant, à dominantes positives ;
- ∞ échanges à caractère polluant, réductif, voire destructif, à dominantes négatives.

Un des liens les plus puissants, susceptible de relier, d'attacher durablement une personne à une autre est certainement le lien du manque.

C'est bien dans le manque renouvelé, dans le décalage entre l'attente et la réponse, par l'impossibilité de fusion et par la distance inévitable (aussi petite soit-elle) que le désir se maintient vivant, renaissant et diversifié.

Dans certaines relations amoureuses, on constatera qu'il y a des personnes qui semblent avoir besoin d'entretenir, d'exacerber une dynamique du manque autour de la rencontre avec l'autre. Elles paraissent attirées et fascinées par les situations où le manque sera le plus flagrant, le plus inévitable et souvent le plus douloureux. C'est précisément l'absence de satisfaction qui va les retenir, les attacher, transformer leur désir en besoin et orienter leur nostalgie en la fixant sur une attente jamais comblée face à un partenaire qui, lui, se dérobe sans cesse. Il est troublant de remarquer qu'un désir se transforme aisément en besoin, du moins est-il vécu comme tel, chaque fois qu'il y a répétition de la frustration (désirs non satisfaits) ou irruption de la peur du désir, quand celui-ci, incertain ou fugace, se dérobe à toute possession.

Désirant par exemple être aimés, du moins le croient-ils, ces « cultivateurs passionnés de la frustration », ces accros du manque accrocheront leur demande précisément sur celui qui ne les aime pas ou qui est déjà engagé ailleurs. « Si tu ne m'aimes pas, je t'aime », chante Carmen à Don José et en même temps elle lui annonce la suite : « Mais si tu m'aimes, prends garde à toi ! »

Beaucoup de femmes (et bien sûr il en va de même pour certains hommes) reconnaissent qu'elles ne peuvent être « vraiment amoureuses » que d'un homme inaccessible ou fuyant ! Les témoignages abondent.

« J'ai toujours aimé des hommes impossibles, déjà mariés ou engagés… »
« Ceux qui m'attirent le plus… ne sont jamais libres ! »
« Je ne peux m'empêcher d'être attiré par des femmes déjà prises, mariées… ou sur le point de l'être. »

Leur désir et leur motivation à poursuivre la relation sont ainsi sans cesse réactivés et ne risquent pas de s'éteindre ou de s'évanouir. La souffrance et la frustration leur donnent le sentiment d'exister, d'être désirants en permanence, aimants à jamais et intensément vivants, surtout dans la plainte et le déchirement. « Je me sens habitée, douloureusement pleine en pensant à lui, même et surtout quand il n'est pas là, mais également quand il est tout proche ! »

« Je ne peux pas me séparer de ma demande vers toi, même si elle est insatisfaite ! Je t'aimerai malgré toi, jusqu'à ce que tu m'aimes comme je t'aime. » (Et pas au-delà ?... S'il l'aimait enfin... peut-être pourrait-elle le quitter !)

Nous pouvons parfois observer cette dynamique, qui semble paradoxale quand elle est observée de l'extérieur, où la personne qui aime désespérément (et jusque-là en vain) va pouvoir enfin quitter celle qui commence à l'aimer.

Le manque produit un lien quasi indestructible dont la longévité est entretenue par l'espoir, mais aussi par le ressentiment, le reproche ou la plainte. « Je ne peux pas me détacher de ma mère, car elle ne m'a jamais donné la compréhension et la reconnaissance que j'attendais d'elle. Je lui en veux, je la déteste et en même temps j'exige d'elle en permanence des preuves d'amour qu'elle n'a pas du tout envie de me donner ! » Cette accusation répétée, accompagnée d'attitudes revendicatrices, d'accusations et de disqualifications, aura pour fonction cachée de maintenir la mère suffisamment à distance, de décourager même ses propres velléités de rapprochement. Combien de fois avons-nous constaté que le manque ressenti dans la relation avec le conjoint ou le partenaire ressemblait terriblement au manque vécu dans le passé avec le père ou la mère ! Et que ce conjoint-là, même si aucun des protagonistes ne le sait clairement, avait bien été choisi... justement pour cela !

« Depuis vingt ans, j'attends que mon mari parle, me parle de lui. Je le lui demande sans cesse et il se tait de plus en plus. Déjà, dans mon enfance, j'avais tant souffert du silence de mon père... qui s'abritait dans les généralisations et les poncifs, qui fuyait dès que je lui posais une question trop personnelle... »

« Ma mère ne me laissait pas d'espace, elle voulait tout gérer pour moi, mes sentiments, mes idées, mes relations... Qu'ai-je donc fait au bon Dieu pour tomber sur une femme aussi possessive et envahissante, qui contrôle le moindre de mes gestes, qui veut s'immiscer dans mes pensées... ? »

Il semble très difficile de renoncer... à ce que l'on n'a pas eu !

Se séparer de ce qu'on n'a pas semble impossible, tant que subsiste l'espoir que l'autre donnera un jour ce qu'il n'a pas donné, deviendra ce qu'il n'est pas – dira ce qu'il n'a jamais dit... « Ce qui m'attache et me lie le plus à l'autre, c'est ce qu'il ne me donne pas et que j'espère quand même ! » disait cette femme, qui ne semblait pas prête à renoncer. Et quand la séparation, la rupture ou la perte surviennent, le reproche le plus violent portera sur « tout ce qui ne s'est pas passé... et qui aurait pu se passer, si tu avais su entendre que mes attentes réelles ne portaient pas sur... mes demandes ! ».

« Je ne supporte pas l'idée que mon père puisse mourir, car je n'ai jamais eu avec lui le dialogue que j'aurais souhaité et qu'il ne pouvait que me refuser, car nous savions l'un et l'autre que cela nous aurait entraînés trop loin ! Mais j'aurais tellement voulu essayer ! »

« Je lui en veux, non de m'avoir quitté, mais de tout ce que nous n'avons pas pu vivre ensemble ! »

Et ce ressentiment entretiendra encore de longues années une relation qui n'existe plus !

Un autre paradoxe pathétique sera d'attendre impérativement de l'autre ce qu'il n'a pas. Et cela ne permet pas de recevoir tout le bon qu'il aurait à nous donner... « Mon mari m'aimait, je ne pouvais donc pas l'aimer. J'ai mis des années à découvrir cette évidence dans laquelle j'étais enfermée... »

La non-communication savamment entretenue peut ainsi devenir un lien puissant, pour qui est attiré par le manque et cultive farouchement l'espoir d'un non-changement chez l'autre ! « Chaque fois, je tente, sans y croire, d'établir à nouveau un dialogue vrai avec lui, sachant qu'il fera tout pour l'éviter. Cet espoir, cet effort me tient en haleine et me fait ainsi, après chaque rencontre décevante... souhaiter ardemment la prochaine. »

« J'espère toujours que la prochaine fois… ce sera mieux, en sachant au fond de moi que ce ne sera pas meilleur, mais je continue, pour me confirmer, pour faire la preuve que j'ai raison… que ça ne sera pas mieux ! »

Cette dynamique soigneusement élaborée de la culture du manque s'installe souvent chez des personnes qui ont d'elles-mêmes une image dévalorisée.

Depuis des années, cet homme revient chercher auprès d'une femme un peu plus âgée que lui un amour qu'elle n'éprouve pas pour lui. Il dira de lui-même : « Je comprends bien qu'elle ne puisse pas m'aimer comme je le voudrais, car je ne me sens pas aimable. Et d'ailleurs, j'y verrais le signe qu'elle est complètement folle ou débile, si elle avait la moindre affection pour moi ! Mais je reviens sans cesse vers elle. C'est cet impossible qui m'attire. » Et un autre plus lucide dira : « En me disqualifiant abondamment, c'est souvent autrui que je dévalorise. Ma valeur sera égale à la toute petite différence entre ma non-valeur et la non-valeur, légèrement plus importante, que je vois chez l'autre… »

Tel autre cherche un regard qui le reconnaîtrait comme un homme aimable. En fait, pour confirmer la dévalorisation qui le torture, il persiste à quêter ce regard, là où il est sûr de ne pas le trouver. Il se garde comme de la peste de tout regard positif sur lui. D'ailleurs, quand il l'obtient, il n'y croit pas. « Il m'a dit qu'il m'appréciait, pour ne pas me faire de la peine, car je suis sûr qu'il n'en pense pas un seul mot ! »

« Elle ne peut pas me trouver aimable. Et si toutefois c'était le cas, elle se tromperait et découvrirait rapidement son erreur ! » Sa disqualification de lui-même est telle qu'une femme qui l'aimerait serait par là même disqualifiée à ses yeux. « Comment peut-elle aimer quelqu'un d'aussi miteux que moi ? Au fond, elle ne doit pas valoir grand-chose non plus ! »

Ainsi, pour garder de l'autre une image valorisée ou idéalisée et conserver d'eux-mêmes une piètre représentation, certains vont jusqu'à ne pas pouvoir croire à l'amour que l'autre témoigne à leur égard.

Cela rappelle Woody Allen affirmant : « Jamais je ne voudrais faire partie d'un club qui m'accepterait comme membre. »

Par définition, le désir nous porte vers ce que nous ne sommes pas, vers ce que nous n'avons pas. Mais cela reste une perversion du désir que de l'entretenir et de l'intensifier en le fixant sur l'impossible, sur ce que précisément l'autre ne peut pas me donner, sur ce qu'il n'a pas, sur ce qu'il n'est pas.

Le désir d'être ne trouve réponse qu'en soi-même. Il devient ainsi une porte ouverte sur le meilleur de chacun.

Ah, ce plaisir de la souffrance

Je ne parle évidemment pas de la souffrance injuste, arbitraire, qui s'impose à nous à travers des violences aveugles, comme les guerres, les agressions ou les meurtres. Je veux parler de cette souffrance endémique que certains cultivent avec attachement.

Pour souffrir ou entretenir sa souffrance, c'est facile. Il suffit de se demander « qu'est-ce qui me manque pour être heureux ? » et aussitôt plein de choses vont surgir dans notre esprit, qui vont occulter d'un seul coup tout ce que nous avons pour être heureux. On peut aussi comparer ce que l'autre a avec ce que l'on n'a pas ! Car tout ce qui nous manque paraît soudain plus important que tout ce que nous avons !

Cet homme m'écrit : « Je ne souffre pas assez. J'ai le sentiment d'être anormal, surtout quand je ne ressens pas de malaise ni de souffrance lorsque quelqu'un qui m'est proche souffre ! Quand mon amie souffre, elle trouve insupportable que je ne souffre pas avec elle ! Ce qui la fait souffrir encore plus ! Évidemment, je n'aime pas quand elle souffre ainsi et, depuis quelque temps, je souffre de la voir souffrir quand je ne souffre pas... qu'elle souffre (vous suivez toujours ?). Je ne dois pas être normal, qu'en pensez-vous ? Je dois vous dire aussi que je souffre de ne pas souffrir quand elle me quitte, car, elle, elle voudrait que je souffre. Ainsi, ma souffrance lui montrerait que je tiens à elle !... (Vous suivez encore ?) »
Il y a là des enjeux qui m'échappent dans ce type de relation, même si je sais que nous sommes capables de beaucoup d'acrobaties psychiques pour trouver le moyen de nous faire souffrir encore un peu, y compris quand nous ne souffrons pas !

Un autre (toujours un homme) me dira : « Je souffre qu'elle soit trop belle. Tous les hommes la regardent. Elle ne les voit même pas, puisqu'elle ne regarde que moi. Cela pourrait me faire plaisir, eh bien non, je m'en fous qu'elle ne regarde pas les autres. Moi, je pense que, belle comme elle est, elle doit s'être trompée en me choisissant. Un jour, elle va se réveiller et, en découvrant son erreur, elle me quittera. Ce qui fait que je ne souffrirai plus ! J'attends ce jour. »

Les raisons pour souffrir sont innombrables dans la vie de tout être humain, que ce soit à doses homéopathiques ou à l'occasion d'un drame, d'un événement personnel ou d'un traumatisme qui va bouleverser notre existence. Pour ma part, je ne pense pas qu'il faille souffrir pour être heureux, comme le dit le dicton. Je crois, comme sœur Emmanuelle le disait, « … que nous sommes nés pour être heureux » et « qu'il faut avoir le courage d'être heureux » ! Message qui peut sembler paradoxal quand on sait la misère, la violence, l'injustice qui traversent le monde ou qui règnent autour de nous.

La souffrance psychologique est un langage, l'expression d'une blessure ancienne ou archaïque qui se réveille à la suite d'un message, d'un comportement ou d'une conduite ressentis comme une violence.

La souffrance physique est une réponse du corps à une agression, à une violence subie. La souffrance est un signe, un appel que nous envoyons à nous-mêmes et aux autres quand nous sommes dans une situation insupportable, inacceptable.

« Je voudrais que tu combles mes besoins... »

Dans l'important courrier que je reçois, il est fréquemment question des besoins que l'on demande à la vie, à l'autre ou aux autres de satisfaire ou, plus rarement, de simplement entendre comme étant importants et vitaux.

Il y a comme cela une sorte d'impérialisme du besoin qui s'impose non seulement à ceux qui éprouvent des besoins, mais aussi aux proches et aux moins proches. Et ceux-ci se sentent quelquefois mis en demeure d'entendre, mais également de faire quelque chose, de ne pas rester passifs, de répondre, quoi ! « Je me sens prise en otage chaque fois qu'il me demande de faire quelque chose pour lui. Je croyais avoir épousé un adulte capable de répondre à ses propres besoins sans les déposer sur moi ! Et je découvre un homme perdu, plaintif, agressif parfois, quand je ne veux pas prendre en charge les attentes qu'il a à mon égard... »

« Il m'arrive de redouter l'arrivée du week-end, tellement je sais que, dès le samedi matin, avant même que j'ouvre les yeux, je vais être envahi de tellement de demandes que je regrette de ne pas être au bureau ou ailleurs, mais d'être là... »

Ainsi, dans beaucoup de relations intimes, il est implicitement donné à l'autre la mission de combler, de satisfaire des besoins multiples qui ne s'épuisent jamais.

Besoin d'être écouté, reconnu, compris, aimé, besoin d'être vu plus souvent, rencontré plus profondément, plus intimement... Besoin de partager, d'échanger, besoin d'être heureux(se) avec l'autre... Besoin d'une plus grande intimité, d'un plus grand respect. Besoin que tu me manques moins, que tu sois là plus souvent, que tu me dises je t'aime, que tu ne me coupes pas la parole en public, que nous sortions plus souvent ensemble, que tu me fasses un enfant, que tu n'aimes que moi, que tu sois moins pressé en faisant l'amour, que tu me dises des mots gentils et me confirmes que je suis important(e) pour toi…

Il est certain que chacun de ces besoins porte en lui sa justification, que la plupart n'ont rien d'excessif, qu'ils sont l'expression de la vitalité (ou de l'inquiétude, de la frustration…) de celui qui les porte. Nous savons que le propre d'un besoin, quand il n'est pas confondu avec un désir, demande satisfaction, comblance, apaisement… ce qui fait que, lorsqu'il n'est pas assouvi, il développe autour de lui des besoins secondaires, parasitaires qui peuvent envahir l'espace d'une relation et la polluer gravement. D'où la fuite, le refuge dans une surdité, une cécité ou même un refus nettement exprimé, gestes qui vont amplifier la demande ou provoquer des réactions et des conduites caractérielles qui ne vont pas arranger les choses…

Alors que faire ? Peut-être oser dire : « Je ne t'ai pas épousé pour répondre à tes besoins, mais pour grandir ensemble, accéder à plus de maturité et de liberté partagées », comme le suggère une lectrice. Apprendre à se positionner et à signifier ses limites, ses propres attentes et zones d'intolérance, quand les possibles d'un échange en réciprocité sont présents. Peut-être aussi, de la part de celui qui exprime un besoin avec autant d'intensité et de constance, essayer d'entendre la véritable demande au-delà de l'attente exprimée…

ÊTRE HEUREUX *ou pas*

À la recherche du bonheur...

« Le bonheur ne consiste pas à acquérir ni à jouir,
[...] il consiste à être libre. »

ÉPICTÈTE

On peut assister dans notre société actuelle à une surenchère de méthodes, de produits et de livres prétendant apporter le bonheur. Les rayons « développement personnel » ou les « boutiques bien-être » sont en pleine expansion.

Ma règle d'éthique, c'est qu'on ne peut vendre un résultat. On peut proposer une démarche, une thérapie ou une formation aux relations humaines, à partir desquelles chacun découvrira ce qui lui permettra de changer... ou pas, mais on ne peut pas vendre une façon d'être.

Je pense qu'on peut apprendre à être heureux en apprenant à mieux communiquer essentiellement avec soi-même et avec les autres. Contrairement à ce que certains pensent, je ne forme personne au bonheur. Je montre des chemins possibles pour accéder à un mieux-être, à ressentir moins de malaises, à éprouver plus de cohérence et de liberté d'être dans la conduite de sa vie.

Par mes livres, conférences ou séminaires, j'essaie depuis des années de faire en sorte que chaque être vivant trouve dans son parcours de vie quatre ancrages qui sont, pour moi, fondamentaux : apprendre à s'aimer soi-même, apprendre à se respecter, apprendre à se responsabiliser et apprendre à rester fidèle à soi-même, à ses valeurs.

Mon approche pédagogique s'appuie sur les fondements de la psychologie humaniste. Dans les années 1960, on a pu échapper à l'« impérialisme psychanalytique sur les sciences humaines » grâce à l'apparition d'approches stimulantes comme celle de Carl Rogers et son centrage sur la personne, celles de F. Perls et la Gestalt, de Bateson et l'analyse systémique, d'Eric Berne et l'analyse transactionnelle, de Lowen et la bioénergie. Et, plus récemment, de bien d'autres auteurs : Guy Corneau, Thomas d'Ansembourg, Christophe André, qui ont ouvert l'éventail des approches et des démarches pour permettre à chacun de dépasser les névroses familialistes qui barrent à beaucoup l'accès au bonheur.

Comme formateur en relations humaines, j'ai observé que nous-mêmes sommes d'une habileté incroyable pour forger notre malheur. Je veux dire par là que nous avons des autosaboteurs effroyables (comportements, attitudes et conduites répétitifs) qui nous font prendre des décisions qui vont à l'encontre de nos aspirations, avoir des comportements qui sont à l'opposé de notre personnalité profonde, ce qui fait que la situation se retourne contre nous. Ces mécanismes d'autosabotage sont très efficaces et nous empêchent de nous réaliser pleinement. Ils sont une véritable entrave à notre liberté d'être et font obstacle à notre bien-être. Oui, nous sommes de redoutables prédateurs à l'égard de nous-mêmes, il faut le savoir et le reconnaître !

J'ai consacré (ou dédié !) un livre entier à nos autosaboteurs, *À qui ferais-je de la peine si j'étais moi-même ?* paru aux Éditions de l'Homme, afin d'aider les gens à identifier ces mécanismes et à y renoncer. Je me permets d'en citer ici, de façon succincte, quelques-uns :

- la pratique de la répression imaginaire qui s'installe chaque fois qu'on pense à la place de l'autre, qu'on pense que ce qu'on va dire, faire, ne pas dire ou ne pas faire va blesser l'autre, le déranger ou nous faire rejeter par lui (la plus violente des censures !) ;
- la peur du changement, de l'inconnu, des réactions de nos proches ;
- paradoxalement, la peur de faire de la peine, de se montrer égoïste, satisfait face aux difficultés d'autrui.

Il me semble que le bien-être repose sur le fait d'éprouver en soi un double accord (dans le sens musical du terme !) : un accord avec soi-même, entre ce que je sens et ce que je fais, entre ce que je pense et ce que je dis, et un accord avec mon environnement immédiat qui entend et répond à mes besoins relationnels les plus vitaux. Quand je sens que je peux me dire et être entendu, être reconnu et valorisé, que mon intimité est respectée, que je peux influencer mon environnement et avoir la possibilité de rêver que demain sera meilleur qu'aujourd'hui… alors il est possible que je sois sur le chemin qui me permettra d'éprouver bien-être, confiance, estime et amour de moi, qui sont à la base d'un bien-être personnel.

Le bonheur sera la possibilité de se sentir bien avec soi-même et avec les autres au moment présent, dans l'ici et maintenant, sans avoir recours à des objets, à des dépendances, à des enjeux de réussite sociale ou de possession de biens. C'est oser dire oui sans se sentir obligé de le faire, sans se sentir dans la dette, donc en toute liberté. C'est aussi oser dire non sans culpabilité et sans ambivalence, en ayant le sentiment de se respecter. C'est la conquête d'une liberté d'être, qui va me confirmer que je suis vivant et heureux de l'être sans aucune réticence, réserve ou gêne. C'est cet élan porteur qui m'immerge dans l'appétit de la vie avec toute sa pétillance rieuse.

Une approche essentielle pour contribuer au bonheur des gens sera d'avoir accès à une formation tout au long de la vie sur le respect de soi, la tolérance, la culture du beau, la solidarité et l'engagement.

Je rêve qu'un jour nous aurons une école du bonheur où la communication relationnelle permettra d'établir des relations, des échanges et des partages susceptibles de contribuer au bonheur de chacun. Une école qui enseignera comment accueillir le bonheur quand il vient à notre rencontre…

Le plein du bonheur

Le bonheur tout court,
avec des joies simples
et des gestes justes.

Autour de la beauté de la vie,
des émerveillements qui se bousculent,
dans l'étonnement d'être.

Le bonheur au quotidien,
en cadeau dans son cristal de lumière.
Le bonheur tout simplement,
pétillant, ardent, inépuisable,
telle une respiration amplifiée,
dans un présent ébloui.

Le bonheur,
toute petite flamme immobile,
précieuse, magique et mystérieuse
au plein cœur de chacun.

Que souhaitez-vous le plus au monde ?

Quand cette question est posée, une des réponses les plus fréquentes que nous pouvons entendre est: « Je voudrais être heureux ! » Si l'on insiste et qu'on demande: « Qu'est-ce qui vous permettrait d'être plus heureux ? », les mots jaillissent sans hésitation : « Être aimé ! » Ainsi, une réponse positive à ce désir (ou est-ce un besoin ?) comblerait pleinement celui qui aspire à être heureux !

Mais celui qui veut être aimé s'interroge rarement sur sa propre capacité à aimer, à donner de l'amour, ni d'ailleurs sur son aptitude (ou sa maladresse) à recevoir de l'amour, à l'amplifier, ou ses tendances (plus fréquentes qu'on ne peut le penser) à disqualifier l'amour qui lui est offert ! Le candidat au bien-être veut être aimé sans plus, comme une sorte de dû. Il veut que l'autre, une femme, un homme, éprouve un sentiment unique envers lui.

Pense-t-il que, si ce sentiment vient vers lui (il est enfin aimé !), cela lui permettra d'aimer à son tour ?

On peut être aimable, c'est-à-dire susceptible d'être aimé, et ne pas savoir aimer ! Tout se passe dans ce souhait d'être aimé(e), comme si celui ou celle qui veut être aimé(e) n'avait aucune responsabilité de réciprocité, comme s'il n'avait pas à s'interroger sur la présence ou non d'un sentiment d'amour en lui. Je serais tenté de penser que ce besoin d'être aimé est bien un besoin (et non un désir), dans le sens où il n'implique pas un retour (une réciprocité) de la part de celui qui a ce besoin. Si son propre besoin est comblé, il n'a pas à se soucier du besoin de l'autre. « Si l'autre m'aime, c'est qu'il est content de m'aimer. Je ne lui dois rien, tout est donc normal ! » peut penser celui dont le besoin d'être aimé est satisfait.

Je découvre en fait, sur mes vieux jours, que l'amour est trop souvent, et beaucoup plus qu'on ne l'imagine, à sens unique, qu'il risque de se donner sans réciprocité ou tout au moins sans retour. Il arrive un âge où nous découvrons qu'aimer est plus important et plus profond qu'être amoureux.

Il y a aussi un âge où il est possible d'aimer sans être aimé. Car aimer, c'est plus que vivre !

Tout se passe, quand nous disons « je voudrais être heureux », comme si être heureux était possible sans avoir à participer au bonheur de l'autre.

Vouloir être heureux semble, pour certains, s'envisager comme une démarche solitaire, comme s'il s'agissait de consommer du bonheur pour ses besoins personnels sans réaliser que cette démarche supposerait un accord, une participation, une résonance qui viendrait s'ajuster, s'agrandir et se vivre avec un autre que soi-même. Un autrui proche ou moins proche, mais de toute façon quelqu'un qui sera lui aussi heureux de nous voir heureux. Nous voyons ainsi que les combinaisons pour accéder, tout au moins à ce type de bonheur, sont multiples et variées.

Ce qui vient en second, comme réponse à la question « Que souhaitez-vous le plus au monde ? », c'est : « Devenir riche ! » Le fait de posséder de l'argent est associé à l'idée que cela aide au bonheur. Les pages de la presse *people* nous laissent d'ailleurs croire que ceux qui sont riches ont toutes les raisons apparentes d'être heureux : ils sont beaux, ont un ou une partenaire ressemblant à ceux et celles qu'on voit dans les magazines de mode, possèdent de belles maisons, des voitures de luxe, des yachts, des résidences dans des pays de rêve et ils paraissent toujours être en vacances. On détaillera ensuite, dans d'autres pages, les malheurs et les avanies surtout affectives de ceux qui, quelques mois ou années auparavant, « étaient heureux », puisqu'ils avaient tout pour l'être !

La troisième réponse, surtout pour ceux qui l'ont perdue ou qui ont côtoyé la souffrance liée à une longue maladie, c'est : « Avoir une bonne santé ! » Ce que l'on souhaite le plus, c'est ce qu'on avait et que l'on a perdu. Cela ressemble à d'autres réponses telles « continuer à être aimé par celui (ou celle) qui ne m'aime plus ». Être heureux en retrouvant ce que l'on n'a pas su garder, protéger, entretenir... Les enjeux sont innombrables.

Et vous, que souhaitez-vous le plus au monde ?

Aujourd'hui, j'ai mal tous les jours à mon cœur

J'ai mal à mon cœur occitan
dont la langue fut maltraitée durant cinq cents ans
et qui était encore réprimée il y a un peu moins d'un demi-siècle
dans la cour de récréation de mon enfance.
J'ai mal à mon cœur algérien
au souvenir des atrocités passées
et à l'écho quotidien de celles présentes.
J'ai mal à mon cœur palestinien
dans sa recherche d'un pays et d'un espace pour s'épanouir.
J'ai mal à mon cœur juif
quand il affronte aujourd'hui son pire ennemi
la paix qui lui est proposée
et qu'il ne peut accepter tant il a peur
de se dissoudre et de disparaître face à ses contradictions internes.
J'ai mal à mon cœur européen
partagé entre son élan pour une Europe des cœurs
et sa honte d'une Europe des banques.
J'ai mal à mon cœur américain
quand je le vois basculer dans l'intolérance
et la violence de sa propre peur.

J'ai mal à mon cœur pacifiste,
quand je me sens pris de rage
et traversé de pensées mauvaises
contre toutes ces guerres absurdes.

J'ai mal à mon cœur de bébé
quand mes souvenirs les plus anciens se dérobent
et me laissent au bord d'une nostalgie infinie,
qui s'appelait le temps de l'innocence.

J'ai mal à mon cœur de gosse
quand je vois des enfants soldats
qui ont perdu le goût des jeux et celui de la vie,
pour tuer et terrifier des adultes
avec leur propre égarement.

J'ai mal à mon cœur d'amoureux
quand il ne sait plus vibrer et s'emballer
au passage d'une passante vivante.
J'ai mal à mon cœur d'homme
au versant automnal de ma vie quand
il doute encore des amours à venir.

J'ai mal à mon cœur de père
quand il s'inquiète pour l'avenir de ses enfants
et plus encore pour celui de ses petits-enfants.
J'ai mal à mon cœur déchiré, éclaté par tant d'incohérences,
d'aveuglements et de fuites en avant vers un monde
que je ne peux plus reconnaître,
où j'ai de moins en moins de place.

Et pourtant ce cœur multiple,
je le sens toujours battre :
inlassablement, courageusement, désespérément.

Le solitaire heureux

« L'irrémédiable solitude de l'existence, Freud la découvre quand, à cinq ans, assis sur le carrelage de la cuisine familiale, il constate qu'il est seul, totalement seul. »

J. S.

Il peut nous arriver de rechercher, voire de revendiquer des temps et des espaces de solitude. Pour avoir la possibilité de se retrouver, de se recentrer ou de s'engager dans une activité ou une recherche plus personnelle. C'est une solitude choisie qui permet ainsi une rencontre avec soi-même sans parasite de l'extérieur.

Le solitaire heureux reste une espèce moins rare qu'on ne le croit, même si on ne le croise pas dans les salons, même si on a peu de chances de le rencontrer dans le métro ou dans les rues des grandes métropoles. Il est plutôt de type bucolique et secret, aimant la campagne et la nature, fréquentant les bibliothèques et les musées.

Pour certains, la solitude se situe entre grâce et malédiction. Le solitaire heureux est une espèce qui se protège des innombrables pollutions relationnelles qui pourraient lui gâcher le bonheur d'être un bon compagnon pour soi. La solitude habitée par la présence d'objets aimés, par des souvenirs dépouillés de regrets et de nostalgies, par des rêves et des projets en devenir. La solitude ainsi irriguée est une ferveur envers la vie.

Pour beaucoup, l'anti-solitude serait l'amour. Pas un amour de remplissage pour combler un vide, une carence ou une insuffisance à se relier aux autres, mais un amour donné et reçu qui refermerait les bords d'une plaie appelée esseulement.

L'enjeu aujourd'hui pourrait être pour chacun non pas de répondre au précepte socratique du « connais-toi toi-même », mais plutôt d'oser aller vers une dimension plus hédoniste, vers le meilleur de soi pour pouvoir se rencontrer, s'apprécier et s'aimer.

Ainsi, la solitude heureuse, tel un navire libre, naviguerait sur les flots de l'attente, ouverte à l'inconnu, accueillante ou réservée face à l'imprévisible. Cette solitude ouverte deviendrait la matrice nourricière d'une éventuelle rencontre avec le meilleur de soi-même. La solitude sera aussi recherchée par tous ceux qui sont en quête d'eux-mêmes, que ce soit à travers un isolement provisoire, une méditation ou un travail sur soi.

La solitude acceptée suppose une autonomie émotionnelle, relationnelle, qui ne peut s'appuyer que sur une expérience de sécurisation intime suffisamment forte pour lui servir de soutien. En ce sens, elle est comme un miroir susceptible de nous renvoyer le précieux et le meilleur de nous. Qu'il soit dans l'action ou dans la rêverie, le solitaire est quelqu'un qui s'accepte avec ses ressources et ses limites. Il s'accorde avec lui-même sans avoir besoin de la confirmation ou de l'encouragement d'autrui. S'accepter, oser aller vers une dimension plus jouissive de la vie, c'est rencontrer le meilleur de soi, accéder à une solitude pleine et vivante, dans l'autonomie affective, et s'ouvrir ainsi à tous les possibles.

Instants de grâce

J'accueille quelques instants de grâce,
qui passaient tout proche, en fermant les yeux simplement.
Avec l'aide d'une respiration plus conscientisée,
j'inspire,
j'expire profondément trois ou quatre fois.
Je m'installe plus confortablement à l'intérieur de moi.
Je me rencontre gratuitement, sans rien me demander,
sans anticiper ni plonger dans mon passé récent ou plus lointain.

Je vogue sur ma respiration,
je lutine l'instant,
je me berce avec mon souffle.
Le temps en profite pour se reposer un peu.
Il s'agite moins en moi et autour de moi.
Même s'il fait seulement semblant de m'oublier,
je sais qu'il ne me bouscule pas, qu'il respecte
ma présence… vivante.

PRENDRE SOIN *de soi*

Être sincère autant que faire se peut

« La vérité n'est pas facile, la vérité n'est pas douce,
mais il n'y a pas d'autres chemins que la vérité. »

Françoise Dolto

Être sincère est une aspiration profonde chez beaucoup plus de gens qu'on ne le pense dans un premier temps, surtout quand on voit autour de soi tellement de faux-semblants, de mensonges, de trahisons. La difficulté réside dans la direction de cette sincérité. Cet homme est sincère avec cette femme qu'il fréquente (relation tierce) depuis deux ans quand il lui dit : « Je t'aime et c'est avec toi que je voudrais vivre… » Il est tout aussi sincère avec lui-même quand il se dit : « Je ne sais pas comment je peux quitter ma femme. Je vis avec elle depuis quinze ans, nous avons deux enfants. Je ne l'aime plus, mais je suis attaché à elle… » Tel autre est persuadé qu'il est sincère quand, après une déception ou un conflit, il prétend « ne rien sentir, que tout va bien, que ce n'est pas grave… » Il peut s'être anesthésié depuis si longtemps qu'il peut en effet ne rien ressentir. Et celui-là, à qui sa femme demande : « Qu'est-ce que tu ressens ? » et qui répond : « Je pense que… » « Je ne te demande pas ce que tu penses, mais ce que tu ressens ! » « Mais c'est la même chose ! » s'écrie-t-il avec une sincérité outragée.

Sincérité ne veut pas dire, comme on pourrait le croire, tout dire à l'autre ou ne pas lui mentir. Car le plus souvent, c'est soi-même que l'on trompe plus que l'autre.

« Ce que je ne supporte pas, c'est qu'il ne me dise pas la vérité... » Mais quelle vérité ? Celle qu'elle veut entendre ou celle qu'elle ne peut pas entendre ? Être sincère signifie oser tout se dire à soi-même et prendre le risque de l'entendre. Cela relève d'une recherche d'accord, d'harmonie, de cohérence entre ce que je pense et ce que je dis, entre ce que j'éprouve et ce que je fais. Au fond, on ne peut tenter d'être sincère qu'avec soi-même, autant qu'il est possible de l'être, étant donné que nous avons un inconscient et que nous sommes d'une habileté inouïe pour nous leurrer.

Il y a aussi ceux qui pratiquent la self-déception décrite par Edgar Morin, un processus de mensonges à l'égard de soi-même, « ... car il y a toute une part de nous-mêmes qui nous ment, nous dupe, nous fait oublier ce qui nous gêne et fait mettre en relief ce qui nous plaît ».

Être sincère avec soi-même est donc difficile, surtout quand il s'agit de se confronter à son intimité et aux zones d'ombre et d'errance qui nous habitent parfois. Il y a aussi l'image que nous avons besoin d'avoir de soi, qui fait obstacle aux tentatives de sincérité. Nous tenons tellement à cette image qu'elle est souvent à l'origine de beaucoup de mensonges ou de jeux pervers pour ne pas l'écorner, l'abîmer ou simplement la remettre en cause. Je peux donc être sincère et me tromper.

Quant à la sincérité dans un couple, elle repose sur deux piliers, celui qui relève de l'intimité commune et partagée et celui qui s'appuie sur l'intimité personnelle et réservée, sur cette part d'intimité non partageable, qu'on peut appeler jardin secret ou respect de soi.

La sinistralité

Je ne connaissais pas ce mot, je l'ai découvert dans la revue que ma compagnie d'assurances m'envoie chaque mois.

Le mot « sinistralité » concerne les personnes, conducteurs de voiture, locataires ou propriétaires d'un appartement ou d'une maison, au sujet des ratés, des incidents, des ennuis, des accidents à répétition qui se succèdent dans leur vie personnelle ou professionnelle, dans un laps de temps plus ou moins court.

Peut-être serait-il important de considérer ces répétitions comme un symptôme qui nous concerne directement, comme une invitation à nous interroger sur la qualité des relations qui irriguent notre vie intime, sur la façon dont nous affrontons quelques conflits intra ou interpersonnels, sur notre état de santé lié au fonctionnement harmonieux ou disharmonieux de quelques-uns de nos organes ou de nos sens.

« Je ne sais pas ce qui m'arrive. Je touche quelque chose et cela se détraque, ça ne marche plus. Ou alors, malgré toutes les précautions que je prends, j'oublie de refermer mon réservoir à essence et je roule cent kilomètres sans m'en apercevoir ! »

« L'autre jour, j'ai posé mon sac avec tous mes papiers sur le toit de ma voiture et j'ai démarré ! La galère pour refaire tous mes papiers ! »

« Ce mois-ci, j'ai mis deux fois de l'essence dans la voiture diesel de ma femme… »

« D'accord, je conduis souvent de façon un peu brusque, ce qui m'entraîne à freiner au dernier moment. Ces derniers mois, j'ai enfoncé l'avant, l'arrière et la portière droite de ma voiture. En plus, quelqu'un, qui bien sûr ne m'a pas laissé sa carte de visite, m'a cassé le feu arrière gauche et arraché tout un bout de mon pare-chocs ! »

Je ne cite là que des problèmes relatifs à la voiture, mais ils sont encore plus nombreux, ceux qui concernent le quotidien. Outre leurs conséquences matérielles, ils sont « énergétivores », ils dévorent et consument une énergie folle qui est ainsi dérobée au plaisir d'exister.

La sinistralité, quand elle s'installe dans notre vie, nous invite réellement à revoir, à clarifier, à remettre à jour quelques aspects de notre relation à nous-mêmes et à ceux qui nous entourent. C'est parfois un bon signal qu'il nous appartient d'entendre.

Le syndrome de la méchante sorcière ou du méchant sorcier

« Il est étrange que le désir pour certains loisirs fasse partie de ma douleur. »

KHALIL GIBRAN

Parmi les relations toxiques que l'on peut se proposer à soi-même, il y a le fait que nous pouvons attribuer à une personne, à un tiers proche ou moins proche, des pensées, des intentions ou des comportements négatifs à notre encontre. Et ainsi risquer de se gâcher des soirées, voire des journées entières à se remémorer tout ce que cette personne « nous a fait » ou « ne nous a pas fait » ! J'écris faire ou ne pas faire entre guillemets, car c'est bien nous qui percevons de façon négative ce qu'une personne « nous a fait » ou « ne nous a pas fait », perception qui nous paraît injuste et parfois insupportable, au point de nous faire souffrir de façon récurrente.

J'appelle « syndrome de la méchante sorcière ou du méchant sorcier » quand, de façon répétitive, reviennent à la surface de nos pensées les paroles, les attitudes, les gestes négatifs qu'une personne aurait eus à notre égard. Ainsi, des événements vécus des mois, voire des années auparavant ressurgissent parfois avec une intensité telle que notre présent en est pollué, perturbé et parfois violenté. À cela s'ajoute que, ce faisant, nous sabotons une partie de nos relations actuelles avec nos proches. Ceux-ci peuvent se sentir d'une certaine façon contaminés. Tout se passe comme si, au cours d'une promenade avec notre partenaire, celui-ci avait un caillou dans sa chaussure et refusait de l'enlever tout en partageant avec nous, durant toute la promenade, le mal-être et la souffrance que ce caillou lui procure !

Il ne s'agit pas de remettre en cause la réalité d'un événement qui a bien eu lieu, mais d'entendre que c'est nous qui lui donnons un sens particulier, négatif et toxique. Que c'est nous qui attribuons une intention, une volonté malsaine au comportement de l'autre. Recadrer la situation serait apprendre à mieux différencier la personne de l'image que l'on a d'elle.

Pouvons-nous visualiser qu'il y a d'un côté la personne avec tout ce qu'elle est – son histoire, ses qualités, ses défauts, ses contradictions et surtout (comme chacun de nous) ses multiples facettes – et de l'autre côté, ou en surimpression, l'image que nous avons d'elle ? Une image parfois tellement omniprésente qu'elle envahit l'espace de nos pensées et occulte la réalité de la personne concernée. Une image que nous sommes seuls à produire, même si autour de nous, nous avons cherché et trouvé des personnes qui ont confirmé qu'effectivement cette personne est ceci ou cela. Ce qui ne fait que renforcer la conviction qui entretient notre ressenti douloureux.

Je propose la démarche suivante pour dépasser cette situation qui paraît sans issue : sortir le caillou de sa chaussure et, avec une certaine solennité, avec un certain rituel, aller l'enterrer ou le déposer dans une décharge publique. Et surtout prendre soin de son pied meurtri (surtout si le caillou a séjourné longtemps dans notre chaussure) et nous accorder de l'attention et de la compassion, en nous pardonnant d'avoir attendu si longtemps pour retirer le caillou.

Dans le cas présent, cela voudra dire : dessiner l'image de la personne qui nous paraît si négative, coller dessus des mots exprimant la malveillance, les intentions négatives, les regards, les gestes, les paroles que nous avons perçus venant d'elle comme toxiques et aller enterrer le tout ou le jeter à la poubelle. Sans oublier de se pardonner pour avoir attendu si longtemps avant de faire ce recadrage et de se gratifier (en s'offrant quelque chose d'inhabituel). Ne pas enlever le caillou reviendrait à confirmer notre désir de continuer à percevoir cette personne comme négative et, peut-être, notre besoin d'être vu comme une victime !

Bon chemin à ceux qui oseront se reconnaître dans le syndrome de la méchante sorcière ou dans la dynamique du caillou retiré ou gardé envers et contre tout.

Sortir de la dépendance

La conquête de l'autonomie est l'œuvre de toute une vie. Mais être enfermé dans une dépendance majeure est plus qu'un combat avec la maladie ou la souffrance, c'est un des affrontements les plus terribles et les plus douloureux avec soi-même.

Quand une dépendance, qu'elle soit physique, psychique ou relationnelle, nous aliène, nous verrouille et parfois nous amène dans le dégoût de nous-mêmes, nous nous débattons sans toujours pouvoir y renoncer.

Désirer se libérer ne suffit pas ; encore faut-il prendre le risque d'affronter les zones obscures, conflictuelles, labyrinthiques de notre histoire. Même si les chemins pour apprendre à demander de l'aide sont innombrables, oser se faire aider paraît être un risque trop grand pour certains, car cela ouvre la porte à l'amour de soi. Sur la voie de l'autonomie, il y a souvent une rencontre décisive, une rencontre décapante qui va devenir structurante.

J'ai découvert les écrits de Frédérique de Gravelaine et Pascale Senk qui se sont penchées sur la problématique de la dépendance. Ces textes présentent avec rigueur, compétence et enthousiasme les enjeux de la dépendance et surtout quelques chemins possibles, réfléchis et pratiques pour l'affronter et en sortir. Mon attention a été attirée par les témoignages de personnes qui ont tenté de se déprendre d'une dépendance, leurs errances dans les tâtonnements et la recherche d'un mieux-être, les joies et les souffrances traversées pour s'ouvrir de nouveaux chemins de vie. Cela montre combien nous sommes toujours auteurs de nos propres vies ; nous sommes « dépendants, c'est-à-dire compulsifs dans nos comportements et nos consommations, capables de nous faire vivre des choses contre notre gré, capables de perdre notre libre arbitre face à certains produits, à certaines personnes ».

Rencontrer celui ou celle qui donne envie d'être plus libre, qui vous réconcilie avec vos désirs, qui donne aussi envie d'accueillir l'amour de l'autre, qui répare les liens avec la vie est une des étapes essentielles pour sortir de la dépendance.

Sortir de la dépendance, ce sera accéder à une parole propre, retrouver des sensations et des sentiments personnels, intimes, et enfin pouvoir s'identifier au meilleur de soi, en retrouvant le respect de son corps.

Sortir de la dépendance, ce sera comme un accouchement vers plein de bonnes choses, une invitation à rester au plus près de la vie ardente qui nous habite.

Sortir de la dépendance, ce sera une vraie retrouvaille avec les chemins de la tendresse pour une existence plus libre, plus pleine. Un acte responsable pour nous permettre d'être un ami pour soi, en n'oubliant jamais que la personne avec qui nous allons passer l'essentiel de notre vie, c'est nous-mêmes…

À propos d'inceste : oser parler et, plus encore, oser symboliser

Pouvoir parler, retrouver des mots à soi, cela veut dire accepter de se respecter en se réappropriant sa propre parole, mais cela suppose de pouvoir trouver un interlocuteur à la fois suffisamment proche et distancié pour pouvoir commencer à sortir du silence... Proche pour pouvoir vous entendre et distancié pour vous permettre d'être entendu, reçu. Proche et distancié pour pouvoir accueillir, sans être déstabilisé, le trop-plein des ressentiments, des peurs, la violence des blessures enfouies ou de la souffrance engrangée.

Oser symboliser, cela veut dire accepter d'entreprendre une démarche qui consiste à « restituer », avec l'aide d'un objet symbolique, la violence reçue à celui qui l'a déposée en vous.

Restituer non comme un passage à l'acte, en voulant blesser à votre tour ou en culpabilisant ou en essayant de faire violence à celui qui vous a violenté, mais en remettant chez l'autre ce qui vient de lui. Cette approche est différente d'une démarche légaliste qui viserait à punir, à faire condamner. Cela, c'est l'affaire de la société et de sa justice, pour ceux qui souhaitent aller dans cette direction.

Ici, il s'agit plutôt de remettre, de redonner sa violence à celui qui en était porteur au moment du viol ou des actes de transgression qu'il a posés sur vous. Quelle que soit la relation que vous avez, lointaine ou encore proche (s'il s'agit d'un membre de la famille), il est important de ne pas garder en soi la violence reçue qui représente l'équivalent d'une bombe à retardement quand elle est gardée dans le silence.

La démarche symbolique proposée évite de garder en soi l'énergie négative qui s'était inscrite dans le corps au moment de l'acte et qui reste présente en vous durant de longues années. Elle permet de retrouver une énergie plus dynamique pour traverser les doutes, le sentiment d'injustice, et vous libérer de la souffrance portée jusque-là, le plus souvent dans le silence et la culpabilité.

Restituer en s'appuyant sur un objet, un dessin et un écrit qui sera remis à la personne, au parent, responsable de l'inceste.

Voici quelques exemples de démarches symboliques.

Cette jeune femme de vingt-huit ans a dessiné une main d'homme et a envoyé ce dessin à l'oncle (frère de la mère) avec le commentaire suivant : « J'ai aujourd'hui la force et le courage de te restituer ton geste, celui qui m'a blessée quand j'avais douze ans. Ce geste qui a violenté mon intimité, dont j'ai été honteuse et meurtrie, ne m'appartient pas. Je te rends ainsi cette violence faite à mon corps. Cette violence est la tienne et je ne veux pas la garder plus longtemps. »

Cette femme dessinera un sexe, modèlera un phallus en pâte à sel, fera un paquet et l'enverra à son père avec le mot suivant : « Je te rends ton sexe-violence. Je te remets ainsi à ta véritable place. Depuis tant d'années, je ne pouvais t'appeler Papa. Tu avais perdu ta place de père l'année de mes neuf ans. Cette violence, Papa, est la tienne. Je ne veux plus la porter, je ne veux plus me fermer, craindre à chaque instant les gestes d'un homme sur moi. Je vais vers ma vie de femme. Toi, Papa, tu verras ce que tu veux faire aujourd'hui de cette violence qui t'appartient. Si tu veux l'enterrer, la nier ou la reconnaître et ainsi te réconcilier avec toi-même, cela est ta responsabilité… »

Cette autre écrivit un poème. Telle autre passa une annonce dans le journal local. Elle avait été violée à l'âge de treize ans par deux inconnus. « Aux deux inconnus qui, le 24 mai 1962, abusèrent de la petite fille de treize ans qui passait par la Traverse des Lilas à Paris. Je rends leur violence. Je fais ainsi un pas hors de ma souffrance, je m'éloigne de cette honte terrible qui m'habita durant des années. Je restitue leur violence à chacun. »

Une autre encore écrivit à son père et lui envoya un objet symbolisant la violence subie. Elle reçut une lettre extrêmement agressive et culpabilisante de la part de sa mère : « Tu es folle d'avoir osé écrire une lettre comme ça à ton père. Ton accusation est injuste. Ton père t'aime. Est-ce que tu veux sa mort ? Tu ne crois pas qu'il a mérité du repos après une vie de travail comme la sienne ? Je te préviens qu'à partir d'aujourd'hui, si tu ne t'excuses pas, je détruis tout le courrier venant de toi et je ne te considère plus comme ma fille… » Malgré ce rejet, elle maintint sa position et, quelque dix ans plus tard, son père lui écrivit pour lui demander pardon, pour tenter de se réconcilier avec ses petits-enfants…

Ainsi il est possible, par la médiation d'actes symboliques, de commencer à se libérer, d'ouvrir un passage vers plus de vie, de se respecter en ne gardant pas à l'intérieur de soi des actes toxiques. En remettant chez l'autre la violence reçue, en osant mettre des mots, en sortant du silence et de l'interdit implicite de parler, c'est une véritable mise au monde que certains entreprennent.

C'est à chacun de trouver l'objet qui servira de support à l'acte symbolique. J'indique ici seulement l'esprit et le sens de cette démarche.

Chacun sentira les mots qui sont les siens au plus profond, au plus sensible de lui-même.

Chacune peut se réconcilier avec la petite fille innocente qui l'habitait… avant l'irrémédiable.

Chacune peut retrouver, aussi paradoxal que cela puisse paraître, un papa, en acceptant de permettre au père d'aujourd'hui de reconnaître l'homme qu'il a été.

L'évaporation aléatoire du passé

« Continue d'avancer, mon ami. S'attarder n'est que lâcheté. Rester à tout jamais à contempler la Cité du Passé n'est que Déraison. Vois, la Cité du Futur te fait signe… »

KHALIL GIBRAN

Nous sommes des êtres imprévisibles. Parfois, notre passé devient si présent qu'il nous envahit, occupe tout l'espace de notre vie, s'impose à nous avec une ténacité qui peut nous faire violence. D'autres fois, au contraire, il se brouille, se perd dans un jeu d'ombres, devient si imprécis, si peu réel, si fragile que nous l'abandonnons à l'oubli. Oubli qui va se révéler toujours provisoire, jamais définitif, car notre passé tisse sans cesse la trame de notre présent.

Contre l'évaporation du passé, il y a la volonté (du moins en sommes-nous persuadés, quand nous nous écrions devant nos enfants : « Moi, je me souviens de tout à partir de cinq ans ! »). Il y a aussi les souvenirs, les parents et surtout les amis dont la mémoire déborde parfois en fin de soirée sur des événements que l'on croyait connus de nous seuls ! Mais quelquefois, souvenirs, parents ou amis ne sont pas suffisants, car eux aussi se dérobent, s'enfouissent dans les replis de notre mémoire et semblent se perdre à jamais. Du moins on le croit, jusqu'au moment où tel événement, telle sensation, telle parole ressurgissent au détour d'un rêve ou d'une rencontre. Telle image s'impose soudain à notre regard (occupé pourtant à suivre le vol d'un oiseau) dans le geste d'un enfant (inconnu) ou se détache (plus lumineuse) au-dessus de quelques-uns des mots d'un échange entendu dans un lieu public ou dans un film ! Il suffit d'une odeur pour nous inonder d'images, de sensations et d'émotions qui surgissent de notre enfance ou d'un passé moins lointain.

Le passé a donc cette double capacité, celle de s'immobiliser, de se dissoudre et de se perdre et celle de s'imposer, de se matérialiser impérativement à nous, parfois malgré nous. Mais le plus souvent il s'évapore, comme certains rêves qui ne résistent pas à la lumière du jour. Et nous pouvons nous demander : où vont les images de ce passé ? Que deviennent les joies, les tristesses, les colères ou les enthousiasmes qui nous ont habités avec tant d'intensité ?

Parfois, je me sens enveloppé par une sorte de tissu vaporeux qui flotte au-dessus ou autour de moi. Une toile finement tissée par des milliers d'images, de sensations, de peurs ou de désirs qui m'ont habité à un moment ou l'autre de mon existence et qui donnent à l'ensemble de ma vie une consistance plus douce, plus familière.

Il arrive aussi au passé de confirmer nos certitudes, de marquer nos ancrages. Mais il peut, lui qui devrait représenter nos racines, se révéler trompeur ou inquiétant quand il laisse filtrer à la surface de notre conscience des souvenirs inconnus qui résonnent ou veulent s'imposer comme étant les nôtres. « À un moment donné, quelque temps après mon divorce, j'étais persuadée que mon père avait eu des gestes troubles à mon égard. Je me suis mise à le détester. J'ai commencé une psychanalyse pour découvrir, redécouvrir que, à l'âge de sept ans, ma meilleure copine m'avait confié que son père venait dans son lit le soir. Je m'étais identifiée à elle en désirant (en souhaitant ?) qu'il ne m'arrive pas la même chose. »

« J'ai toujours cru que mon père ne m'aimait pas, qu'il n'avait jamais rien fait pour moi avant de mourir dans un accident de travail. Jusqu'au jour où j'ai découvert dans le grenier tous les jouets qu'il avait fabriqués pour moi jusqu'à mes dix ans ! »

Le passé est donc mouvant et surtout incomplet dans nos souvenirs. C'est un mélange de bribes, de lambeaux sortis de l'ombre ou de scènes brillamment éclairées que nous avons à débroussailler, à labourer, pour ensemencer notre histoire et laisser fleurir un peu de notre enfance.

Manuel d'entretien pratique de l'homme

De même qu'il existe des carnets d'entretien pour les voitures ou pour certains appareils, on pourrait imaginer une fiche d'entretien pour certains hommes. Pour ceux en particulier qui laissent passer les temps de vidange, qui oublient les périodes de vérification de quelques pièces indispensables à leur bon fonctionnement ou qui oublient de regonfler leurs pneus !...

Nous proposons ici quelques repères pour aider ceux qui voudraient prendre soin autant de leur corps que de leur voiture. Nous allons commencer le *check-up* à partir de quarante ans, quand le bolide a déjà accumulé quelques centaines de milliers de kilomètres de vie et qu'il est encore coté en Bourse, solide, présentable, mais susceptible quand même de fragilité.

- Vérifier du côté de la prostate, endroit sensible. Le simple fait d'imaginer un toucher rectal révulse la plupart des hommes. Et pourtant il faut passer par là (ne soyez pas inquiet, le spécialiste a un gant et il sait comment procéder en tenant compte de la pudeur des hommes !).
- Du côté du cœur (très sollicité chez certains qui n'ont pas hésité à vivre plusieurs relations sentimentales en parallèle !). Même sans tabagisme excessif ni passions trop violentes, le cœur a été mis à rude épreuve et a engrangé quelques dérapages. Il y a des voyants rouges qui s'allument (embonpoint, hypertension, essoufflement et pas seulement dans les côtes, début de diabète).
- Quand les voyants restent fixes (douleur ou malaise soudains à la poitrine, au cou, à la mâchoire ou à l'épaule, sensations de brûlure, d'oppression, nausées, vomissements), consultez votre garagiste – c'est-à-dire votre médecin préféré.

- ∞ La tête, bien-pensante, siège des accidents vasculaires cérébraux (AVC). Si se manifestent maux de tête, engourdissements, picotements, pertes d'équilibre, là aussi une visite de vérification s'impose.
- ∞ La bouche, eh oui, la bouche (qui ne sert pas uniquement à parler, à manger, mais aussi à embrasser, à sucer et autres performances) : veiller à surveiller les lésions qui ne guérissent pas spontanément.

À partir de cinquante ans, les révisions doivent être plus fréquentes.

- ∞ Débusquer l'ostéoporose, les os qui ramollissent.
- ∞ Pour ceux qui n'ont pas la naïveté de continuer de croire que le sexe est un os, écouter un peu plus son sexe (entendre les difficultés de reprise, non dans les côtes ou les pentes montagneuses, mais du côté de l'érectilité et de la répétition). Quoique tout cela ne soit plus aujourd'hui nécessairement indispensable ! Ne vous désolez pas comme Henri IV, qui disait : « Jusqu'à quarante ans, j'ai cru que c'était un os ! »
- ∞ Le côlon, ah, le côlon qui n'a pas laissé des souvenirs très gais à l'époque du service militaire, chez ceux qui ont fréquenté l'armée (et donc des colonels). Le côlon mérite d'être examiné. Cela s'appelle une coloscopie (petite caméra visant à détecter les polypes ou les petits cancers facilement traitables...). Encore faut-il ne pas trop tarder.

Et puis, il y a le plus complexe, tout ce qui touche au psychologique, avec les périodes de dépression, de doutes, de remise en cause. Le réveil de blessures anciennes qui soudain refont surface et, semblables à un raz-de-marée, emportent tout sur leur passage. Là, il ne faut pas hésiter à aller voir un garagiste spécialisé. Quelquefois, le préfixe psy fait peur. « Je ne suis pas fou, je ne suis pas un malade, moi ! »

Mesdemoiselles, mesdames, épouses, amantes, amies, si vous avez quelque influence, osez en parler avec « vos hommes ». Cela peut aider aussi !

Retour sur moi-même…

Durant une grande partie de ma vie d'enfant, d'adolescent et d'adulte, je fus quelqu'un qui maltraita fréquemment la VIE qu'il y avait en lui, et cela avec beaucoup, beaucoup de ténacité et d'inconscience. Tout d'abord et par évidence, parce que j'ignorais que j'avais reçu une parcelle de VIE et aussi parce que je vivais certainement une forme d'angoisse qui me poussait à mettre à l'épreuve mon corps, ma vitalité, mes projets et bien sûr mes amours et mes relations.

Pour mes amours, je vérifiais fréquemment la solidité du lien. Cela, de façon paradoxale, en le maltraitant… Je mettais (quasi en permanence) à l'épreuve les sentiments de l'autre, en faisant peser sur mes relations affectives des désirs et des demandes impossibles, des propositions absurdes ou inadaptées. J'avais des comportements et des conduites à base d'exigences, de culpabilisations, de bouderies (une de mes grandes spécialités, jusqu'à près de quarante ans !). Je fus ainsi longtemps un expert en somatisations : expert pour les produire, non pour les guérir !

Je n'avais aucune conscience de la VIE que je violentais en moi et chez l'autre. En particulier chez celle qui partageait ma vie, au plus proche de mon quotidien, avec laquelle j'avais conçu des enfants, fait des projets et des rêves de vie inouïs ! C'est à travers deux expériences structurantes que j'ai découvert, d'une part, comment j'avais donné la VIE à chacun de mes enfants et, d'autre part, comment j'avais reçu la VIE de mes géniteurs.

La première expérience se révéla à quarante-neuf ans. Je regardais, non pas distraitement, mais avec beaucoup d'attention, ma fille aînée qui avait vingt-cinq ans et, pour la première fois, j'ai aperçu, je ne sais comment vous le dire, une aura, une vibration, un souffle subtil de l'air autour de sa personne, en d'autres termes la VIE qui était en elle. Ce fut comme une illumination qui rapidement se transforma en une succession d'interrogations terribles. J'avais beaucoup fait pour elle, comme pour chacun de mes enfants. Leur mère et moi avions répondu à ses besoins de survie (nourriture, sécurité de base, vêtements, toit protecteur, environnement relativement confortable et bienveillant) ; nous avions répondu à ses besoins éducationnels (école maternelle, collège, lycée, université), à ses besoins d'amour (du moins, je le croyais), à ses besoins de socialisation et aussi à beaucoup de ses désirs. Nous avions donc fait beaucoup pour sa personne, pour le bébé, la petite fille, l'adolescente, la jeune adulte qu'elle était devenue. Mais j'ai découvert avec stupéfaction que je n'avais rien fait pour la VIE qui était en elle.

Je sais que c'est difficile de percevoir la différence entre la PERSONNE et la VIE qu'il y a en elle. Je vous invite vraiment à prendre un peu de temps, pour regarder longuement l'un ou l'autre de vos enfants, votre partenaire, un ami. Commencez par quelqu'un de proche, entraînez-vous à voir la VIE qui est en lui, en elle. C'est une expérience émouvante, extraordinaire, à la portée de chacun ; osez cela !

Et à partir de là, une question lancinante, aiguë, m'a taraudé : j'ai fait, nous avions fait, leur mère et moi, beaucoup pour la personne de cet enfant (et de chacun de mes quatre autres enfants), mais qu'est-ce que nous avions fait pour la VIE qui était en eux ? Rien. Totalement rien. J'avais bien intégré les besoins de survie, d'amour, d'éducation, de socialisation qui concernaient cette personne, mais je ne savais même pas quels étaient les besoins qui concernaient la VIE en chacun, pas plus d'ailleurs que je ne connaissais les besoins de la VIE en moi !

Le résultat de ce travail, car ce fut un véritable travail, déboucha sur la découverte que chacun d'entre nous (et cela est valable dans toutes les cultures) a des besoins relationnels. Que tout être vivant est porteur de besoins relationnels, est capable d'alimenter la VIE qui est en lui. Ces besoins ne doivent pas être confondus avec des envies, des désirs.

C'est en retrouvant (ce fut toute une épopée) mon géniteur, alors que j'étais âgé de cinquante ans, que j'ai pris conscience que c'était bien lui qui, avec l'aide de ma mère, âgée de dix-huit ans, m'avait conçu alors qu'il avait quinze ans ! Capté par sa propre mère, il abandonna son premier amour et son propre enfant et, durant un tiers de siècle, ne donna aucun signe de vie ni dans la direction de ma mère ni dans la mienne. Il s'appelait Pierre (et décéda quelques années plus tard, en 1992, après notre rencontre).

C'est au lendemain du jour où j'ai pu l'embrasser et le serrer dans mes bras que j'ai pu lui dire : « Pierre, je ne vais pas passer le reste de ma vie à te reprocher d'avoir abandonné maman, de n'avoir jamais donné de signe de vie à mon intention. Je vais simplement te remercier de m'avoir donné la VIE. Avec l'aide de maman, bien sûr. Et sans ce don, je n'aurais pas vécu une existence parfois difficile et douloureuse, et d'autres fois merveilleuse et étonnante. Je n'aurais pas écrit de livres, pas conçu d'enfants, c'est-à-dire pas donné de la VIE à mon tour, pas voyagé, pas respiré, pas aimé. J'ai beaucoup de gratitude envers toi… »

Il fut très ému, et moi aussi, plus que je ne pourrais le laisser transparaître dans ces quelques lignes. C'est ainsi qu'en me conscientisant, qu'en reconnaissant la VIE qui était en moi à chaque instant, c'est ainsi que j'ai appris à m'aimer et, par là même, à mieux aimer.

Il m'a donc fallu un demi-siècle pour oser apprendre à m'aimer et à agrandir la possibilité d'aimer et de mieux accepter d'être aimé.

L'ÊTRE HUMAIN, *cet être social*

Le temps de la transgression

Un des phénomènes les plus récemment apparus dans notre société me semble être, d'un côté, des comportements de transgression et de nuisance sociale imposés par de plus en plus d'individus et, d'un autre côté, la persistance d'une sorte de passivité, d'acceptation tacite, par de plus en plus de personnes, de ce type de comportements.

Se développent autour de nous, me semble-t-il, de plus en plus de façons d'être, de vivre ou de faire qui ne tiennent pas compte des règles minimales de la vie en commun. Les règles existent toujours, elles sont connues, les interdits sont posés, les repères habituels sont toujours là pour canaliser les désirs, limiter les impatiences. Cependant, ils ne remplissent plus leur rôle de garde-fou, car de moins en moins de personnes acceptent de s'y soumettre. Activisme polluant, impulsivité, passage à l'acte pour les uns, laisser-faire, acceptation molle ou irritation silencieuse chez les autres.

Dans les aéroports, aux stations de taxis, à la poste, dans divers lieux publics, il y a encore des barrières, des balises pour canaliser la file de ceux qui attendent leur tour… mais il y a de plus en plus, non pas des malins ou des impulsifs comme autrefois, mais des personnes qui font le choix délibéré de sauter par-dessus les barrières, de dépasser, de se faire servir en premier, avant tous les autres, des gens qui ne supportent pas la frustration d'attendre. « Je n'ai pas de temps à perdre, moi, comme tous ces cons qui attendent bêtement leur tour… » Jeter son sac de poubelle ou de détritus n'importe où, se garer n'importe comment, au plus près de l'endroit où l'on veut aller, traverser quand le feu est rouge et taper sur le capot de la voiture qui prétend passer au vert : « Tu vas pas m'écraser, tant que tu y es ? »

Il y a aussi ceux qui découvrent, dans un moment de lucidité inattendue, qu'ils ne sont pas dans la bonne direction et qui déboîtent à gauche, soudainement, sans prévenir, pour aller en sens inverse, en vous faisant au passage un bras d'honneur…

Des enseignants qui se sentent impuissants face à un vol commis à l'école dans le vestiaire des profs et qui décident la fouille au corps de cinquante élèves, au mépris des sensibilités et des pudeurs, sans prendre conscience qu'ils viennent de transgresser une règle importante de l'éducation nationale. Et sans percevoir qu'ils se placent sur le même plan que les enfants qui ont transgressé une règle morale et sociale par rapport au bien d'autrui…

On n'assiste pas au retour de la loi de la jungle (soit la loi du plus fort, accompagnée d'une hiérarchisation dans les rapports de force), mais à l'avènement d'une culture de l'imprévisible, de l'à-peu-près, du n'importe quoi, du « puisque j'en ai envie, pourquoi se priver… ce serait idiot ! ». Depuis quelques années domine la loi de l'opportunisme triomphant.

Il y a, me semble-t-il, une désocialisation galopante qui crée ou renforce une insécurité latente, une négation de l'autre qui réduit ce dernier à un obstacle mineur, à une gêne à écarter… « Pourquoi j'ai fabriqué une bombe et pourquoi je l'ai jetée dans la salle des profs ? Parce que le proviseur, ce débile, il voulait m'exclure. Moi, ça m'arrangeait d'ailleurs, mais je ne pouvais pas passer pour un plouc aux yeux des copains… alors j'ai décidé de lui en mettre plein le cul ! »

L'égocentrisme aveugle, le réactionnel excessif sans commune mesure avec l'élément déclencheur, le passage à l'acte visant à réduire, à détruire au besoin l'autre quand il n'entre pas dans ma demande, la violence soudaine, surgissant sans prévenir, quand la réalité ne se modèle pas à mon désir « tout, tout de suite et sans contrepartie »… Tout cela prend le pas sur la civilité minimale, sur le relationnel, sur le respect, sur l'attention à autrui, sur l'autocontrôle nécessaire pour accepter des satisfactions différées, pour gérer des refus, pour digérer des frustrations ou pour accepter des différences.

Face à ces dérapages, il y a le risque de recourir au sécuritaire, à la force, au repliement défensif et à la protection « privée » ou à la punition réactionnelle. Une punition trop souvent confondue avec une sanction. Une sanction, c'est une réponse justifiée, privative, adaptée à la nature de la transgression. La punition, faut-il le rappeler, est une privation amplifiée par la subjectivité et les peurs de celui qui l'applique. C'est pour cela qu'elle est vécue la plupart du temps comme injuste et qu'elle se révèle inopérante.

Nous sommes, semble-t-il, dans un temps de transition, à la recherche de nouvelles valeurs, de nouvelles références, pour pouvoir continuer à vivre ensemble sans trop nous détruire ou nous violenter. Les transgressions que nous constatons dans tous les domaines de la vie personnelle, familiale ou sociale devraient nous alerter sur l'urgence de redéfinir des règles minimales de vie en commun.

Lettre ouverte « à mes voleurs »

J'ai reçu ces jours-ci la lettre qu'une de mes amies a adressée, par Internet, à ceux qui lui ont dérobé son sac à main.

Madame, mademoiselle, monsieur,

Je m'adresse à vous, cher voleur (voleuse) de sacs à main, pour vous rappeler les quelques règles de déontologie humaniste applicables à ce genre de délit. Je m'explique. Que vous ayez dérobé mon sac pour le délester de son argent et y trouver d'éventuels moyens de satisfaire vos besoins les plus courants, je parle de besoins élémentaires de survie, tels que nourriture, pain ou de quoi habiller vos enfants (quoique, avec 30 euros, on ne puisse pas faire grand-chose !), et non pour vous procurer quelque produit illicite, tout cela je peux l'accepter avec une relative facilité.

Je sais, la vie actuelle est difficile, irriguée par du chômage, traversée de maladies réelles ou fantasmées, encombrée du poids (et du plaisir) d'une famille nombreuse ou absente, de relations amoureuses en jachère ou ardentes, que sais-je encore… mais, de grâce, à l'avenir, essayez au moins de me renvoyer mes papiers personnels, dont vous n'avez que faire : carte d'identité, carte vitale et toutes ces cartes personnelles protégées par des codes dont vous n'aurez jamais l'usage. Je comprends que la tentation soit forte de vous servir de ma carte bleue ou de mon chéquier, une signature n'est pas difficile à imiter, nos banquiers très soucieux de notre sécurité ont eu la bonne idée de nous faire signer notre carte au dos, pour vous en faciliter la copie. Merci, messieurs les banquiers...

Bon, je ne voudrais pas vous donner de fausses joies, vous devinez que j'ai fait immédiatement opposition à toutes mes cartes et à tous mes chéquiers, ainsi qu'à mon portable. D'ailleurs, vous n'avez pas fait une bonne affaire en récupérant mon vieux Samsung démodé et tout à fait basique. Vraiment, vous n'avez pas eu de veine sur ce coup-là.

Pour ma part, j'ai eu la chance de ne pas avoir laissé de clés avec lesquelles vous auriez pu ouvrir ma maison pendant que je faisais mes courses ou ultérieurement. C'est déjà ça et vous m'en voyez moyennement rassurée, vous avez quand même mon adresse !

Passons à présent au mode opératoire que vous avez eu la faiblesse d'utiliser. S'il vous plaît, messieurs les voleurs, la prochaine fois que vous voudrez me dérober mon sac, ne vous contentez pas de le ramasser à l'endroit où vous le trouverez, et surtout pas en mon absence. Non, n'hésitez pas, arrachez-le-moi de l'épaule ou des mains, et faites-le avec assez de force pour que je puisse déclarer à mon assurance que « ce vol a eu lieu avec violence ». Sinon, elle ne me remboursera pas les 30 euros qui se trouvaient dans le portefeuille. C'est rigoureusement exact, je viens de terminer un échange téléphonique avec mon assureur.

Eh oui, même les assureurs encouragent les agressions violentes et les vols à l'arraché ! Vol sans violence, pas de remboursement, mais avec, oui, ce n'est pas plus compliqué. N'en rajoutez pas quand même, ne me jetez pas sur la chaussée au risque de me casser la tête ou de me briser un membre. Bon, je serai sans doute remboursée par mon assurance accident et mes frais d'hôpital seront entièrement pris en charge, mais je préférerais éviter le handicap à vie, s'il vous plaît, madame, monsieur… usez la prochaine fois d'une violence douce.

Voilà en quelques mots ce que j'avais à vous dire. Si vous m'aviez renvoyé mon sac, vous m'auriez évité des heures de démarches et d'énervement inutile, et j'aurais vite classé l'affaire. Mais là, je vous en veux à mort, ainsi qu'à mes interlocuteurs divers (banques, assurances, fournisseurs de cellulaires et autres) qui s'adressent à vous comme si vous étiez le diable en personne : « Quoi, vous voudriez qu'on vous rembourse 30 euros, alors que vous payez une cotisation annuelle de 600 ? Mais vous rêvez, ma pauvre dame ! » J'en suis à me demander quel est le véritable voleur dans l'affaire !

Allez, ça ira pour cette fois. Profitez bien des 30 euros (même pas le prix d'un bon dîner à deux), mais que je ne vous reprenne pas la main dans le sac. Ou plutôt si, cela m'évitera ainsi toutes sortes de démarches qui pompent mes énergies.

Au plaisir de ne plus vous croiser sur ma route.

Il paraît que nous sommes aujourd'hui dans une pseudo-culture où la vacuité et le faux sont devenus plus que nécessaires et que nous vivons condamnés à nous soumettre à cette violence produite par les exigences de l'autre.

À propos de la repentance

Depuis quelques années, nous voyons des responsables religieux, des hommes politiques, des chefs d'armée prendre sur eux, reconnaître, regretter, s'excuser pour des exactions, des transgressions ou des injustices commises par leurs prédécesseurs ou par eux-mêmes... à l'encontre de personnes, de minorités, d'ethnies ou de peuples qui les ont subies ou à qui ils les ont fait subir. Il me semble y avoir plusieurs sens à cette démarche qu'il conviendrait d'entendre à des niveaux différents.

Le premier, qui me paraît le plus important, est de l'ordre de la reconnaissance. Les victimes – et pour certaines, ce sera la première fois – se sentent reconnues comme telles, entendues, non dans leur souffrance intime, individuelle, mais dans le traumatisme subi, dans la violence aveugle, perverse et volontaire qui leur a été imposée. Cette violence, cette injustice, cette malfaisance sont enfin reconnues comme inacceptables. Le préjudice subi, même s'il n'est pas évalué, même s'il n'est pas réparé (tout cela relève d'autres instances), s'inscrit dans une démarche qui vise à poser un jalon repérable, inscrit dans le temps, pour tenter de conjurer sa répétition, de laisser ressurgir les vieux démons de l'abus et de l'injustice.

Le deuxième sens important relève du travail d'élaboration entrepris pour la réparation du traumatisme collectif, porté par un peuple, par un ensemble social, religieux ou culturel. Il permet la sortie du silence. La repentance en ce sens est libération, non seulement pour les acteurs directs (victimes ou bourreaux), mais pour leur entourage, pour leur descendance. Elle vise à amorcer un processus pour dénouer les culpabilités, les non-dits ; elle favorise une mise en mots plus individuelle, plus personnelle. Des individus vont se mettre à s'exprimer, à parler, à se dire pour témoigner d'un ressenti, d'une expérience directe ou indirecte...

La repentance est un acte réaliste ayant valeur symbolique. Un peu comme certains monuments édifiés pour commémorer un événement ou rendre compte d'une valeur, d'une vérité[1] que le spectateur ou le témoin devront ensuite s'approprier dans une approche plus intime.

Je ne sais comment chacun s'appropriera les actes de repentance en cours par rapport à la tentative d'extermination des Juifs ou l'utilisation de la bombe atomique sur le Japon durant la Seconde Guerre mondiale, ou encore les repentances à venir sur le génocide des Arméniens, l'utilisation de la torture pendant la guerre d'Algérie, les excès au Kosovo, etc.

J'imagine aussi que la repentance ne peut se traduire que par des paroles, mais que pour permettre à chacun de se confronter à son imaginaire ou à ses oublis, elle devra être symbolisée par un objet ou un monument.

Un troisième sens me paraît être lié au travail de mémoire et de réappropriation des tragédies de l'histoire récente. Grâce à la repentance, la mémoire de l'événement ne repose plus seulement sur la souffrance des victimes ou sur le cynisme des bourreaux, mais sur un ensemble plus large, sur une autorité, au sens profond du terme, qui prend en charge la responsabilité, l'impact et la véracité du souvenir. Il en va ainsi de certains drames et blessures qui ne peuvent être portés que collectivement.

Un quatrième sens sera possible et apparaîtra quand cette démarche de repentance pourra retentir dans l'histoire intime de chacun, en relation non plus seulement avec la honte, mais en résonance avec la notion de faute.

Je me souviens pour ma part de l'émotion qui m'a envahi lors de mon passage à Hiroshima, lorsque je me suis approché de cette espèce de squelette de fer calciné et tordu, de briques brûlées constituées par les

---

1. Vérité avancée et montrée pour éventuellement en cacher une autre plus difficilement acceptable, comme l'a écrit Serge Tisseron dans *Comment l'esprit vient aux objets*, Aubier éditeur, 1999.

ruines du bâtiment qui marquait l'épicentre de l'explosion de la bombe. Je me suis mis à sangloter éperdument, sans images, sans flashs visuels, sans souvenirs personnels (j'avais dix ans en 1945), avec seulement une montée incoercible de sensations faites de honte, de culpabilité, de désarroi ou d'impuissance face à un acte dont j'avais pris sur moi, sans le savoir, une part de responsabilité.

Au-delà d'un acte officiel, la repentance reste une démarche personnelle à inscrire au cœur de chacun, et c'est en cela qu'elle nous interpelle et nous réveille.

Les débordements de la religion... cathodique

J'apprends ce matin par la radio locale que le curé de mon beau village a décidé de faire la grève… du culte ! Il a pris la décision de ne plus célébrer la messe jusqu'à ce que l'antenne qui a été installée sur le toit de l'église soit enlevée ou la décision de l'y mettre annulée par les autorités compétentes !

Cette antenne-relais, réclamée par beaucoup (qui avaient du mal à trouver le réseau sur leur portable ou qui entendaient leurs messages se diluer dans le bleu du ciel), aurait été posée, semble-t-il, sans autorisation. Elle défigurerait le paysage… et l'église, et serait nuisible à la santé.

Nul besoin à mon avis d'organiser un piquet de grève pour empêcher un curé de remplacement de venir empiéter sur les terres de notre chapelain pour tenir l'office de dimanche prochain, car, comme chacun le sait, l'Église manque cruellement de serviteurs et, comme la prêtrise est jusqu'à aujourd'hui interdite aux femmes, le curé de mon village est assuré du succès de sa grève et peut même obtenir le soutien de beaucoup d'incroyants de la région.

Et je sais aussi que Georgette, personnage essentiel à la vie du village, qui tenait autrefois le café de la place, s'opposait de façon véhémente et persuasive à l'idée même de cette implantation « dangereuse et pernicieuse pour la santé… avec toutes ces ondes, on ne sait jamais jusqu'où elles iront nous traquer, jusque chez nous… ».

La télévision nationale s'est emparée de l'affaire et nous avons eu droit à un reportage complet avec tous les acteurs du drame : le maire actuel qui n'avait fait que mettre à exécution une décision déjà prise par le précédent conseil, le curé bien sûr, plus dubitatif que lors de la première interview, les voisins, l'expert de la compagnie qui promet une enquête scientifique pour jauger des ondes et de leur impact sur les populations civiles. Bref, tous les ingrédients sont réunis pour de belles passes d'armes verbales et gestuelles.

Mon ami, le chanteur Morrice Benin, avait créé il y a quelques mois une chanson satirique en forme d'oratorio dont le refrain était: « Dieu du portable, priez pour nous… »

Ainsi se poursuivent de nouvelles guerres de religion, la cathodique contre la catholique, dans une région qui en a vu beaucoup. Les souvenirs sont vifs dans certaines familles du Luberon de la répression des Vaudois, sous François Ier, dont il reste toujours des séquelles douloureuses et surtout une méfiance envers le pouvoir centralisateur… Envers ceux qui décident, qui savent ce qui est bon ou pas bon pour le bon peuple.

Je m'intéresse aux sikhs

Je m'intéresse aux sikhs, ces Hindous si particuliers, si remarquables avec leur turban cachant leurs longs cheveux, si aristocratiques dans leurs attitudes et leur comportement, pour une raison essentielle. Ils appellent cela la *seva*, c'est-à-dire le service désintéressé aux autres. C'est là un des préceptes les plus forts de la foi sikhe. Les sikhs sont surtout remarquables pour l'incroyable égalité qui règne dans leur communauté entre les femmes et les hommes.

« Je suis fier d'être sikh, me dit cet homme. Ma religion me donne beaucoup de force pour devenir meilleur et rester humble devant tout ce que j'ai à apprendre de la vie. »

Il y a trois grands principes au cœur de la vie d'un sikh : le service envers les autres, le développement spirituel et la justice.

Cette religion fut fondée par Guru Nanak (1469-1539) qui enseigna quelque chose de révolutionnaire à une époque où la société indienne reposait essentiellement sur des castes fortement hiérarchisées : puisque nous sommes tous des enfants de Dieu, nous sommes tous égaux ; aucune oppression ni injustice ne peuvent se justifier par le statut social, le sexe, l'ethnie ou la religion.

Chez les sikhs, n'importe quel adulte baptisé, homme ou femme, peut présider une cérémonie en la présence des écrits sacrés, l'équivalent de notre Bible : le Guru Granth Sahib.

Devenir sikh, c'est le sens de ce nom, c'est être un apprenant spirituel, un disciple, un étudiant de la vie. Cela suppose une discipline librement choisie : gagner sa vie honnêtement, accepter d'être habité par Dieu à chaque instant, le prier à l'aube comme à n'importe quel moment de la journée, protéger les pauvres et les opprimés et verser 10 % de son salaire (*daswand*) à sa communauté.

Pour un sikh, aucune religion n'a le monopole de la vérité spirituelle. Les enseignements des prophètes, des saints et des sages peuvent être partagés par tous, et considérés comme des chemins différents pour accéder au sommet.

La majorité des sikhs (ils sont 25 millions dans le monde) vivent au Punjab, près du Pakistan, mais il faut savoir que plus d'un million et demi vivent en Amérique du Nord, dont environ 455 000 au Canada. Un autre élément intéressant chez les sikhs baptisés, c'est le devoir de porter le *kirpan* (petite dague cérémoniale de moins de 14 cm). À ce sujet, la Cour suprême du Canada a rendu un jugement. Désormais, les sikhs peuvent légalement porter le *kirpan*, à condition qu'il soit cousu à l'intérieur du vêtement et qu'il ne soit porté que pour des raisons religieuses ou symboliques. Cela fait partie des accommodements raisonnables qui sont l'objet au Québec d'échanges, d'ajustements et de décisions visant à une meilleure cohabitation et, donc, à plus de convivialité entre des gens membres d'ethnies ou de religions différentes et venant du monde entier.

Il y a parfois des malentendus et des méfiances injustes à l'égard des sikhs qui, à cause de leur turban, sont parfois assimilés, depuis le 11 septembre 2001, aux talibans afghans. Demander à un sikh d'enlever son turban est une atteinte profonde à son identité, à ses valeurs et à ses engagements, et peut blesser sa foi. Le *kirpan* symbolise la volonté de Dieu de défendre la justice et la dignité de la communauté sikhe. De multiples traditions balisent la vie quotidienne du sikh : avoir les cheveux et les poils non coupés ou taillés (*kesh*), garder un peigne dans ses cheveux (*kangha*) pour symboliser la propreté et la netteté, porter des sous-vêtements (*kacchera*) ressemblant à des boxers qui symbolisent la décence et la chasteté, arborer un bracelet en fer ou en acier (*kara*) pour protéger le poignet et représenter la retenue dans ses actes et ses conduites.

Oui, je m'intéresse aux sikhs et à la cohérence qui semble exister entre leurs croyances et leur façon de vivre.

« La dame en face fait de l'origami »

Nous vivons une époque paradoxale : nous avons de nombreux moyens pour nous exprimer (téléphone cellulaire, Internet, Skype, etc.), mais des forces anti-relationnelles (faisant appel à la méfiance, à la peur, au besoin de protéger son intimité) jouent fortement. J'en parlais avec mon voisin de train, l'autre jour ; il n'avait pas pris le train depuis vingt ans et s'étonnait que personne ne parle à personne et même que les regards s'évitent. Il me disait que, lorsqu'il prenait le train dans les années 1980, tout le monde à cette époque (pourtant proche) se parlait. « Oui, je parlais à tout le monde. À présent, on n'ose même plus lever le petit doigt. Je me suis fait remettre à ma place en revenant de Pau, parce que j'ai osé m'adresser à ma voisine assise devant moi ! »

Par contre, un peu plus tard, une femme présente au bar du TGV m'a dit comment la méfiance s'était installée chez elle depuis quelques années, sitôt qu'elle sentait une attention se focaliser sur elle. « Je suis souvent interpellée, m'a-t-elle dit, dans le bus ou dans la rue, par des hommes que je ne connais pas. Instinctivement, je me protège, je réponds du bout des lèvres, j'ai peur que ça aille trop loin. Idem sur Internet, je suis parfois contactée par des inconnus. Automatiquement, je me méfie, je me protège, j'ai peur des conséquences, sans savoir d'ailleurs lesquelles ! »

Lors d'un autre voyage par le train, mon voisin s'exclame spontanément : « Oh, regardez, la dame en face fait de l'origami ! » J'ai répondu un peu fort : « Oh, j'adore, je viens d'acheter un livre de kirigami à ma petite-fille. » Après m'avoir entendu, la dame a entamé une conversation. Finalement, les quatre passagers en vis-à-vis se sont pris au jeu. Au bout de dix minutes, on était tous en train de plier nos petites feuilles et de suivre ses instructions. Arrivés à Avignon, on s'était apprivoisés. Nous avons échangé nos courriels et promis de nous revoir à des manifestations à Avignon ou Aix-en-Provence. Comme quoi il faut des choses pour nouer une relation !

Au moment de me préparer à descendre, une dame qui était assise à une place individuelle, restée silencieuse jusque-là, m'a chuchoté en passant : « Moi, dans le train, j'essaie toujours d'entrer en relation avec mes voisins, mais ça ne prend plus comme avant. Dommage. Il faut dire que presque chacun a devant lui soit un ordinateur, soit une tablette, soit les écouteurs sur les oreilles… J'ai eu du plaisir à vous entendre ! »

LA VIVANCE *de la vie*

Un surplus d'amour

Il nous arrive parfois de ressentir, portés par un souffle puissant, une bouffée de ferveur, un élan d'amour. Et d'éprouver ainsi, à l'égard d'un être cher, mais aussi à l'égard d'un inconnu, d'un être jusqu'alors tenu à distance, d'un paysage ou d'une autre manifestation de la vie qui nous entoure, un surplus d'amour à donner, à offrir inconditionnellement.

Tout se passe comme si un mouvement intime, conduit par une générosité immense, devait s'offrir, se déposer pour à la fois nous libérer et nous agrandir. Ce surplus d'amour se manifeste par des vibrations, des remous, des émotions qui nous traversent, nous emportent avec le désir de donner plus que le meilleur de nous-mêmes, l'entièreté de ce que nous sommes. L'envie ardente, merveilleuse et étonnante de puiser dans nos ressources, d'inventer de nouveaux gestes, de créer des mots qui n'existent pas, de colorer l'instant de couleurs inconnues. C'est ainsi que nous découvrons que nous sommes porteurs de plus de possibles que nous ne l'imaginions.

« Ce jour-là, soudain, sans prévenir, je suis née dans un cri d'amour. Je me sentais vagissante dans un bain de tendresse, les yeux grands ouverts, déjà éblouis d'une immense vie à saisir. Je me suis lancée vers lui, je ne l'ai pas pris dans mes bras, je me suis offerte, donnée et j'ai senti qu'il m'accueillait comme jamais. Quand nous en avons reparlé plus tard, il m'a dit avoir senti comme un flot d'amour venir vers lui, auquel il ne pouvait résister, seulement s'y fondre, s'y abandonner. »

En lisant *Profanes*, de Jeanne Benameur, j'ai senti que ce livre m'emportait au plus profond de moi, vers des zones inconnues, dans une immensité de mon être que je ne connaissais pas. Certaines phrases m'ont fait sangloter. Des sanglots sans aucune tristesse, des pleurs bénéfiques qui irriguaient le meilleur de moi. Je me sentais porteur tous ces derniers jours d'un surplus d'amour, vers celle qui m'avait annoncé qu'elle me quittait. Je savais que toute séparation faisait grandir. Je ne savais pas à ce moment que ce grandissement, issu pourtant d'une séparation, m'entraînerait vers des zones de moi si généreuses.

« L'étonnement et l'acceptation de se sentir bon, sans aucun narcissisme, d'avoir du plaisir à donner, de s'émerveiller d'être reçu inconditionnellement avec le meilleur de soi, j'ai vécu cela, une fois, une seule fois dans ma vie. J'avais déjà soixante-deux ans et tout mon entourage m'a dit que j'avais rajeuni, que j'étais devenu plus lumineux. Et je crois que c'est vrai ! »

Tout se passe comme si ce surplus d'amour qui s'éveillait et surgissait en nous nous invitait à nous dépasser, à offrir un monde, tout un possible d'émerveillement et de générosité qui n'attendait, tout au fond de nous, que cet instant pour se révéler.

« Chaque fois qu'elle me regardait, j'avais envie de lui sourire, de m'élancer au plus proche de son corps, je sentais s'ouvrir en moi tout un espace de vie, tout un pays nouveau dont l'intensité, la lumière, les couleurs et les formes me ravissaient. »

Que puis-je dire, écrire de plus, sinon d'oser accueillir les instants inouïs que la vie nous propose au détour d'une rencontre, d'une relation, d'un partage.

L'homme qui faisait l'arbre

J'aime les arbres. Ils sont des compagnons fiables, fidèles et respectueux de notre mode de vie à nous, les humains. Ce qui n'est pas toujours le cas des humains que nous sommes devenus !

J'ai dû planter au cours de ma vie quelque 19 000 arbres dans tous les lieux de vie qui ont jalonné mon existence. C'est une de mes passions, bien connue de mes proches et de mes amis qui ne se privent pas de m'inviter à planter un arbre pour chacune des grandes occasions de leur vie : naissance, mariage, décès ou célébrations festives. Mais je n'avais jamais, jusqu'à l'automne 2001, rencontré un homme qui pouvait s'identifier à un arbre, un homme qui faisait l'arbre avec un naturel qui m'a bouleversé.

Une amie m'avait confié qu'elle avait acheté, au pied du mont Ventoux, un terrain relativement nu, qu'elle souhaitait boiser. J'ai eu à cette occasion le plaisir de découvrir un être extraordinaire, extraordinaire par son nom et par son action militante dans les années 1970. Pier Lovetand, ce qui veut dire Pierre Dent de Lion, architecte de son état, est un des fondateurs de la célèbre communauté de vie Christiana à Copenhague. Communauté qui existe toujours, avec des règles de vie fondées sur une démocratie directe, un statut communal spécial et même un drapeau (trois points rouges sur fond jaune). Même si Pier s'était un peu éloigné, depuis quelques années, de ce mode de vie, car il ne supportait plus l'immobilisme et surtout un certain début de bureaucratie dans un projet qui supposait liberté d'être, créativité, sens de l'improvisation, de l'inventivité et de la vitalité chez chacun de ses membres. Il en avait été la cheville ouvrière et, ainsi, à l'origine d'un ferment de vie extraordinaire.

Ce matin d'automne, j'ai vu Pier arpenter le terrain de mon amie, s'asseoir et rester longuement immobile, se lever, se tenir debout, yeux fermés, respiration bloquée, les bras en croix ou levés au-dessus de sa tête, puis pivoter lentement sur lui-même tout en murmurant en danois :

> « Est-ce un bon endroit pour moi ?
> Le vent me portera-t-il, me soutiendra-t-il ?
> Me fragilisera-t-il moins si je m'oriente encore un peu à l'ouest ?
> Aurai-je assez de lumière par rapport à mon voisin qui a
> aussi l'intention de se développer ? »

Tout cela avec un grand sérieux, penchant sa tête pour écouter une réponse, pour confirmer son intention, pour inscrire dans son corps la place idéale où, comme arbre, il pourrait s'épanouir là et pas plus loin ou plus près !

Je le vis changer de place plusieurs fois, toujours les bras levés, prenant chaque fois la position d'un arbre à venir, s'interrogeant longuement sur ses besoins, sur ses goûts. Il prenait ensuite une masse, un piquet et l'enfonçait dans la terre, marquant ainsi l'emplacement exact où le futur arbre, son double, aurait à vivre.

Au bout de quelques jours, tout le terrain était balisé de quelque cinquante piquets, préfigurant une mini-forêt.

Quelques années plus tard, Pierre Dent de Lion revint, et je le vis dialoguer avec chacun des arbres qui avaient été plantés à la place exacte prévue pour chacun d'eux. Il leur demandait s'ils étaient satisfaits de se trouver là, si la place, l'orientation leur convenait. Je le voyais par instants se pencher, coller son front, sa joue sur l'écorce, fermer les yeux, étreindre un tronc et rester longuement les bras enlacés, tout son corps serré contre l'arbre.

Un autre jour, il assura à mon amie : « Celui-là est trop seul. Il a besoin d'un compagnon. » Je le vis lever les bras, faire l'arbre à quelques mètres de celui qui se trouvait trop seul, hésiter, tourner sur lui-même, avancer, reculer, puis planter un nouveau piquet. Il revint plusieurs fois, chercha une confirmation : « Tu es sûr que je peux être ici un chêne vert, plutôt qu'un érable ? » Il demandait ensuite la permission à ce coin de terre provençale de l'accueillir !

Ainsi, il existe des hommes qui peuvent s'identifier à un arbre, veiller à leur bien-être sur cette terre et garder avec eux une relation vivante, empreinte de respect et d'amour.

Les arbres nous rappellent notre « humanitude », notre capacité à nous adapter, à résister, à grandir, à évoluer, à créer des liens, malgré nos fragilités, nos vulnérabilités ou nos contraintes. Planter un arbre, l'arroser, lui donner de notre temps, de notre amour, représente à la fois une image de notre potentiel de prendre soin, de se respecter, d'agrandir la vie vivante en soi et sur cette terre. Un arbre planté représente un nouveau souffle, une respiration, cadeau de vie que nous offrons à l'humanité. Je vous invite à en offrir à ceux que vous aimez et à vous en offrir un !

J'aurais voulu être... professeur de vie

Souvent, au cours de ma vie d'adulte, d'amoureux, de père, de professionnel des relations humaines, j'aurais voulu être professeur de vie. Au tout début, sans trop vouloir préciser à moi-même ce que pourrait être un professeur de vie, je rêvais que je ferais découvrir quelques-unes des merveilles de l'existence à des enfants assoiffés de beauté et curieux de découvrir les ressources inépuisables de la Vie.

Puis cela s'est clarifié avec des rencontres magiques. Celles d'êtres exceptionnels, de lectures, de pays et de paysages, d'expériences, de changements d'état de conscience. Oui, j'aurais pu être professeur de vie.

J'aurais appris aux enfants, et peut-être aussi à des adultes, tout ce qui se dérobe devant l'impatience de vouloir s'approprier et contrôler les gens et les choses, tout ce qui se perd dans des errances et des conflits. Je leur aurais montré les germes en devenir d'un monde meilleur.

Je leur aurais appris à regarder autour d'eux pour voir le surgissement de l'indicible, le rayonnement et les vibrations du silence. Les guider vers l'étonnement du miracle permanent de la vie, par exemple se laisser surprendre par l'infime du souffle d'un pétale qui se détache d'une rose, entendre les murmures de la pluie sur une main tendue, écouter la respiration d'un arbre et les balbutiements de chaque aurore.

Je leur aurais fait découvrir ces moments délicats, éphémères, mais si présents, qui traversent l'enfance et qui vont colorer et dynamiser plus tard toute notre existence. Je leur aurais montré comment apprivoiser le sublime des jours et des nuits, et comment laisser croître cette petite parcelle d'amour déposée en chacun de nous au moment de notre conception. Je leur aurais fait aimer l'Amour qui nous habite chacun, en attente d'être donné et reçu, partagé et agrandi.

Oui, j'aurais aimé être professeur de vie pour mes enfants et, pourquoi pas, pour ceux des autres !

Choisir la vie

Quand j'ai reçu sa lettre accompagnant son manuscrit, je ne me sentais pas la personne la mieux placée pour préfacer le livre de Louise Vincent, intitulé *Choisir la vie*. Et puis, porté par ses récits, je l'ai écrite. Poussé à la fois par de l'admiration et par la reconnaissance envers une femme dont le courage au mitan de sa vie m'a rappelé bien des combats que j'ai dû mener dans mon enfance et ma jeunesse, et surtout maintenant, dans l'hiver de ma vie.

Louise, une femme insouciante consommant son existence à corps perdu, se dévouant pour les autres, était le vaillant petit soldat faisant face à toutes les péripéties d'une vie professionnelle, conjugale et familiale qu'on aurait pu qualifier d'exemplaire. Louise la guerrière qui se jetait en avant de toutes les difficultés pour affirmer son invincibilité. Louise la fragile et la vulnérable, au plus secret d'elle-même. Louise, dont le parcours face à la maladie me paraît exemplaire.

Tomber malade, entrer en maladie, ne peut pas être le fait du hasard ni celui d'un effet du destin, encore moins le résultat d'un concours de circonstances fâcheux… C'est bien un langage qui parle de nous à l'intérieur de nous !

> Il faut beaucoup de créativité pour affronter un cancer, encore plus de ténacité pour contrer les complications qui peuvent surgir des erreurs, des tâtonnements, des résistances que l'on oppose à soi-même sans même s'en rendre compte, mais aussi pour dépasser les incompréhensions, les maladresses d'un environnement médical parfois très inégal dans son accompagnement. Il faut beaucoup de vigilance pour ne

> pas se perdre dans les errances des ressentiments, de l'amertume ou de la colère qui surgissent aux soirs de détresse et aux matins de découragements. Il faut encore plus de cohérence pour dépasser le désarroi, ne pas se laisser engloutir par le désespoir, pour affirmer de nouveaux choix de vie, pour se donner les moyens d'aller à la rencontre de nouveaux moyens qui permettront de supporter, de renforcer, de compléter les traitements lourds et violents qui sont proposés aujourd'hui comme seuls efficients pour combattre et limiter la prolifération des cellules cancéreuses.

Le livre de Louise Vincent, c'est le parcours d'une combattante, d'une acharnée et d'une amoureuse de la vie.

> Nous sommes invités à découvrir et à nous confronter à une véritable anthologie des accompagnements possibles qui existent aujourd'hui, pour aider quelqu'un à survivre dans un premier temps, puis à se réconcilier avec soi et à sortir, peut-être meurtri, mais debout d'un maelström de violences qu'est la prise de possession (de dépossession de soi) par une maladie qui dévore de l'intérieur le corps (et la tête), qui détruit (trop souvent) les relations proches, qui taraude le présent au point de le rendre insupportable et qui réveille le passé en faisant remonter les blessures cachées de notre histoire, les situations inachevées, les violences reçues et engrangées au secret de nos silences.

Être habité par la maladie est une invitation bouleversante de notre corps à mieux nous entendre, à nous respecter vis-à-vis d'autrui, et surtout face aux personnes aimées. C'est une incitation à ne plus se laisser définir, à émerger ainsi de la souffrance pour accepter de changer de vie.

Louise a découvert les groupes de croissance personnelle, sorte d'oasis relationnelle où il est possible de se dire et d'être entendue. La psychothérapie individuelle, l'accompagnement bienveillant d'une thérapeute ouverte à la visualisation, le reiki et l'écriture poétique pour dire l'indicible et aussi pour exprimer sa reconnaissance envers la vie.

Louise apprendra aussi à s'aimer.

J'ai beaucoup aimé cette déclaration qu'elle criera un jour à elle-même : « Louise Vincent, je t'aime » et qui va, à partir de là, constituer un ancrage puissant pour dépasser douleur, doutes et angoisses.

Apprendre tout cela demande du temps, de la constance, un enthousiasme secret.

Louise apprendra à se mettre au monde, à jaillir de naissance en naissance, jusqu'à redécouvrir l'amour à donner, à recevoir, et pourquoi pas à accueillir l'amour non possessif, non contraignant, mais ouvert sur une relation qui permet la liberté d'être soi, face à la liberté d'être soi-même de l'autre.

J'espère que ce témoignage permettra d'entendre en soi la vie et de la vivre à pleine vie.

C'est à mes quarante ans que j'ai découvert que le compagnon avec lequel je passais l'essentiel de ma vie, c'était… mon corps et qu'il était temps de le respecter et de l'aimer.

Aujourd'hui, quarante ans plus tard, fidèlement, il m'accompagne encore, avec ses possibles. J'ai appris à le remercier chaque matin en lui offrant mon sourire, et pour le reste du jour, les rires de la vie…

Un métier à inventer

Il n'est pas facile de cerner, dans tous les tâtonnements et les errances d'une vie,
les démarches clés qui permettent d'accéder au meilleur de soi.

Il n'est pas aisé d'entretenir vivace la sève du respect
envers sa propre personne et envers autrui.

Il n'est pas commun de tenter de transmettre au-delà des savoirs et des savoir-faire,
un savoir être ensemble, un savoir créer des espaces d'échanges et de partages,
un savoir devenir respectueux des beautés de la vie.

Mais cela ne doit pas nous empêcher d'essayer.

J'aurais voulu être professeur de vie.

J'aurais appris aux enfants, aux ex-enfants aussi
tout ce qui n'est pas écrit dans les livres.

Je leur aurais appris les choses délicates et précieuses de la vie :
qu'un amour entretenu ne s'use pas,
que la seule liberté qui vaille la peine d'être vécue est la liberté d'être,
qu'il est important de prendre du temps
pour regarder la fuite ou l'immobilité d'un nuage,
pour suivre le vol d'un oiseau,
qu'il est possible de se laisser surprendre
par l'infinie vitalité des choses de la vie.

J'aurais tenté de leur faire découvrir :
qu'il est vital d'apprendre à s'aimer, à se respecter, à se définir,
qu'il est encore plus important de ne pas se laisser enfermer
par des jugements négatifs, de résister aux rumeurs,
de ne pas se laisser polluer par des messages toxiques déposés en nous
par ceux qui prétendent nous aimer ou mieux savoir pour nous !

J'aurais semé en eux le goût de la curiosité,
inscrit la rigueur d'une exigence au quotidien,
pour ne pas se laisser entraîner par des idées toutes faites.

J'aurais aiguisé chez chacun un sens critique
pour ne pas se laisser séduire par les modes
ou rester prisonniers des conditionnements imposés insidieusement
par une pseudo culture au service d'une publicité envahissante.

J'aurais essayé de leur apprendre à remettre en cause leurs croyances
quand celles-ci risquent de devenir des certitudes terroristes,
pour laisser plus de place à l'imprévisible de la vie.

Professeur de vie, quel beau métier à inventer !

Instants de vie

Je reçois de la part de l'une de mes petites-filles une enveloppe sur laquelle est inscrit simplement : « Grand-père Jacques » avec le code postal et le nom du village où je vis.

J'ai été émerveillé par ce petit miracle, surtout lorsque la postière m'a dit : « Ce grand-père ne pouvait être que vous ! »

J'aime prendre le temps de récolter ainsi ces petits instants porteurs de confiance, d'abandon et de tendresse. Ainsi, un autre de mes petits-enfants m'a dit ces mots :

— Grand-père, j'espère que, quand tu seras mort, on ne te fera pas incriminer !

— Incriminer ? À quoi penses-tu en me disant cela ?

— Oui, qu'on ne te fera pas brûler, comme ils ont fait avec la voisine. Et après, ils ont mis les cendres dans une boîte et puis ils les ont jetées dans la mer où elles se sont noyées !

Et cette toute petite fille disant à sa mère : « Maman, je n'aime pas du tout ce micament. Il me pique les yeux. Et après, même le bonbon que tu me donnes n'est pas bon ! »

Les mots d'enfants sont comme des soleils qui s'éveillent à n'importe quel moment de la journée. Ils nous ravissent, nous les répétons à nos amis, et puis parfois, hélas, nous les oublions, alors qu'il faudrait les garder comme des trésors précieux et rares.

— Mamie, je t'adore !

— Tu veux dire que tu m'aimes bien, ma chérie.

— Oh non ! Adorer, c'est plus grand que l'amour.

Hélian, six ans, qui est fâché contre son père, lui dit soudain, très sérieux : « Toi, papa, je vois bien que t'es pas allé à la bonne école des parents. »

Joël, cinq ans, m'assure que : « Le printemps, c'est quand la neige repousse en gazon ! Oui, d'ailleurs, viens voir, il y a tout un coin du jardin qui fait déjà le printemps ! »

Je suis souvent émerveillé par le cheminement labyrinthique de certaines pensées d'enfant. Ainsi, Joachim, six ans, qui m'affirme gravement :

— Moi, j'aimerais que la mort me rencontre quand je suis jeune plutôt que vieux, car les vieux, ils peuvent pas courir !

— Comment vois-tu cela ?

— Oui, les vieux, si la mort court après eux, elle les rattrape sans même se presser. Quand on est jeune, on court plus vite qu'elle. Quand on est jeune, on a quand même plus de chances d'être plus rapide pour qu'elle ne nous rattrape pas ! La preuve que c'est vrai, moi, je vois plus de jeunes que de vieux dans la vie.

Manon, onze ans, a des idées très précises sur l'amour. « Il n'y a rien de plus injuste que l'amour. Quand on aime, c'est sûr, on souffre. L'amour, ce n'est jamais au même moment. Je vois bien, autour de moi, ma copine Annabelle qui me dit : "Moi, j'aime Christophe, qui lui aime Michèle, et Michèle aime Jonathan. Jonathan, lui, il aime les chevaux… Et je ne suis pas sûre que les chevaux aiment Jonathan !" Il faudrait qu'un jour quelqu'un mette un peu d'ordre dans l'amour, sinon on va passer toute sa vie à le chercher ! » Ce qui me paraît une réflexion pleine de bon sens !

Les enfants d'aujourd'hui savent beaucoup de choses. Je les trouve très éveillés, au point d'être capables de souvent me « réveiller » et surtout de m'étonner ! C'est une bonne façon de rester jeune que d'être en leur compagnie et d'aller ainsi d'étonnement en étonnement, en les écoutant, en ayant des partages passionnants avec eux.

Viva a deux ans et demi. Un dimanche matin, elle se précipite dans la chambre de ses parents, se penche sur le ventre de sa mère, met ses mains en cornet et crie d'une voix tonitruante : « Coucou, petit frère ! », puis elle se retire dans sa chambre. Les parents, étonnés, rient et commentent entre eux son comportement : « Je crois qu'elle nous dit qu'elle souhaite un petit frère ! » Mais, durant toute la journée, la mère reste songeuse, car cela fait deux ans qu'elle et son mari souhaitent avoir un deuxième enfant. Et dès le lundi, sur une impulsion, elle va faire un test de grossesse et découvre qu'elle est enceinte ! Les enfants ont des antennes !

Laura, bientôt sept ans :

« Maman, elle ne sait pas encore que, quand je pleure, c'est pour moi, c'est quand je suis triste ou inquiète. Mais quand je pleurniche, ce n'est pas pareil. C'est contre elle, pour lui faire de la peine, pour lui laisser croire qu'elle est méchante et sans cœur avec moi, même si je sais que ce n'est pas vrai ! »

Tom, six ans :

— Tu sais, maman, je suis vraiment amoureux de Sophie.

— Ah oui, ta copine Sophie !

— Non, pas ma copine, mon amoureuse ! Maman, il faut qu'on se parle sérieusement, toi et moi. Sophie, elle est petite pour son âge et je suis inquiet…

— Tu es inquiet pour elle ?

— Non, pour moi ! L'autre jour, à la visite médicale, le docteur m'a dit que j'allais beaucoup grandir…

— Oui, c'est normal…

— Je le sais que c'est normal. Mais si on ne grandit pas ensemble, Sophie et moi, et qu'elle reste toute petite… Je me demande si, plus tard, elle et moi, on sera à la bonne taille pour faire l'amour.

Amélie a déjà douze ans et elle a eu ses premières règles à onze ans. Depuis près d'un an, elle est vue comme anorexique. Ce jour-là, elle me confie : « J'avais pensé que si je ne mangeais plus, je ne saignerais plus et c'est ce qui est arrivé. Le docteur dit que je suis anorexique, mais, moi, je sais que ce n'est pas vrai. C'est parce que je ne voulais pas que mon sang coule partout, à n'importe quel moment et surtout pas en gymnastique ! »

Kevin, cinq ans, me parle de sa mère qui a perdu ses cheveux après une chimiothérapie.

— Maman, à l'automne, elle a perdu tous ses cheveux, mais je crois qu'ils vont revenir au printemps.

Sa sœur, qui veut prendre part à la conversation, tente de le raisonner.

— Mais il n'y a que les arbres qui attrapent l'automne en perdant leurs feuilles !

— C'est pas vrai. Nous aussi, quand on est vieux, on peut même attraper l'hiver. Regarde grand-père, il a les cheveux tout blancs !

Jérémy se dispute souvent avec sa soeur Emeline, ce qui fâche sa mère. Pour la fête des Mères, il lui a remis solennellement son cadeau. Une lettre disant que, pendant huit jours entiers, il ne se disputerait pas avec sa sœur. Et pour se rappeler sa promesse, il a collé des petits papiers dans toute la maison : « Je dois tenir ma promesse de ne pas me disputer avec E. » Ce fut une épreuve redoutable, qu'il mena à bien, mais au soir du huitième jour… il éclata. « C'était trop dur, maman. Moi, j'ai quand même besoin de me disputer avec Emeline ! »

Sophie a sept ans et demi. C'est une petite fille habituellement joyeuse, sociable, qui arrive ce matin à l'école, la mine défaite, le corps abattu.

— Qu'est-ce que tu as, Sophie ? lui demande l'enseignante.

— Je suis malade !

— Qu'est-ce que tu as comme maladie ?

— J'ai un frère.

Zoé, sept ans, interpelle son père.

— Papa, je ne voudrais jamais être enceinte.

— C'est parce que tu n'aimes pas les enfants ?

— Non, c'est parce que je ne veux pas perdre mes os.

— Perdre tes os ?

— Oui, c'est maman qui a dit l'autre jour à mamie : « Je suis partie un peu tard à l'hôpital. J'ai perdu les eaux dans le taxi. » Moi, je ne veux pas perdre mes os dans un taxi…

Entre ce que nous disons et ce que les enfants entendent, il y a tout un monde de différences et… d'échanges possibles.

J'aime la façon dont les enfants peuvent exprimer quelques-uns des mystères et des contradictions de l'existence. Car je sais que, lorsqu'il y a la possibilité de mettre des mots et d'être entendu, cela évite souvent de les remplacer par des maux…

Bien vieillir

Quand est-ce que je suis devenu plus vieux ? Depuis que j'ai du mal à marcher, que mon autonomie est devenue plus fragile ou depuis que j'ai moins de désirs ? Depuis que je ne donne plus vie à des projets ? S'acharner à vivre seulement pour ne pas mourir, quelle dérision… Il faudrait tenter d'agrandir encore un peu chaque espace, chaque seconde de vie, et ainsi parvenir à loger dans un zeste d'éternité…

Il arrive un moment, un âge (variable pour chacun) où va surgir la prise de conscience que la vieillesse s'est installée en nous. Elle est arrivée sans prévenir et soudain elle est là, présente, comme installée à demeure. Elle se manifeste non seulement par quelques signes physiques (plus de rides, plus de fatigue, des muscles moins musclés, un ventre plus rond, moins ferme, de la mollesse un peu partout, des yeux plus enfoncés ou cachés par des poches), mais aussi par des signes plus diffus, une angoisse latente, des oublis, des nostalgies soudaines et aussi des peurs.

La peur de ne plus être à la hauteur des engagements pris, la peur de ne pouvoir faire face aux exigences de notre existence. La peur de trop souffrir, de ne pas être capable d'affronter avec dignité les derniers jours ou l'épreuve ultime. « Je combats cette peur, me disait cette femme, en imaginant que je pourrais mourir dans mon sommeil, simplement ne pas me réveiller. Mais encore faudrait-il que je mette de l'ordre dans mes affaires, pour laisser une situation claire ! » La peur que notre corps ne suive plus, que nos désirs soient défaillants, que notre dynamisme ralentisse, que notre appétence de vie diminue, que la vie soit plus fade, moins présente.

Je pense que la peur la plus grande n'est pas de vieillir, mais de mal vieillir, de ne plus retenir l'attention, d'avoir le sentiment d'être inutile. « Depuis quelques années, je vois bien que je ne suis plus regardée. Dans la rue, j'ai le sentiment d'être transparente. Dans des rencontres, on s'adresse très peu à moi. Je vois des personnes venir vers moi, bifurquer et s'adresser à quelqu'un d'autre ! »

Il y a aussi la peur de rencontrer la maladie ou de se sentir emprisonné dans les défaillances du corps, immobilisé par l'usure ou le dysfonctionnement des organes. Des morceaux du corps, comme le cœur, les genoux, le dos, les yeux, qui réclament plus de soins.

Vieillir demande de l'humilité, celle d'accepter de se faire aider, d'avoir recours aux autres pour accomplir ce qu'autrefois, il n'y a pas si longtemps, nous faisions tout seuls.

Il y a aussi, chez certains, une double peur : avant le grand départ et après le grand départ. L'avant, c'est la crainte de n'avoir pas achevé ce qui a été commencé, de laisser des proches dans le dénuement, le désarroi ou la tristesse, de ne pas avoir terminé l'une ou l'autre des missions qu'on s'était fixées ou encore la peur de découvrir qu'on est passé à côté de sa vie et qu'il ne reste plus suffisamment de temps pour rattraper nos erreurs et nos errances.

« Je me sens coupable, sans pouvoir le dire à mes enfants, de vieillir et de les laisser dans les difficultés. Pour eux, j'aurais tant voulu aplanir les obstacles, les aider à traverser les problèmes dans lesquels ils sont empêtrés. Apaiser aussi notre relation qui n'a pas toujours été calme et sereine. »

L'après, c'est ce qui va se passer pour soi-même, après le dernier souffle rendu.

Nos peurs et nos espoirs dépendent de nos croyances. Irai-je au paradis ou ailleurs ? Serai-je accueilli ? Vais-je retrouver des êtres chers ? Vais-je me réincarner et, si oui, en quoi ?

Bien vieillir consiste surtout à ajouter de la vie aux années et non des années à la vie. Cela veut dire vivre au présent, entrer dans chaque instant, prendre le temps d'accueillir tout ce qui vient à nous comme une découverte porteuse d'une leçon de vie.

Vieillir, c'est aussi apprendre à compter sur d'autres points d'appui, s'appuyer sur d'autres ressources, sur un autre imaginaire pour rester vivants, au plus près de nos possibles.

L'Amour, une énergie vitale

En témoignant dans les pages de cet ouvrage de ma perception des choses, de ma cosmologie personnelle, je ne fais qu'énoncer quelques-unes des croyances qui ont structuré mon existence. Elles sont pour moi des balises, des repères, des points d'ancrage qui ont guidé tout mon travail de formateur. Je les propose ici avec pudeur et respect.

Je crois (mais ce n'est qu'une croyance) que nous recevons au moment de la conception, dans ce moment miraculeux où un ovule est fécondé par un spermatozoïde, au sein d'un champ de désirs (semblables, contradictoires, volontaires ou imposés), je crois que nous recevons l'équivalent de trois graines. C'est l'image qui s'impose à moi, avec une grande force depuis quelques années : une graine de Vie, une graine d'Amour universel et une graine d'Énergie cosmique.

Trois graines dont le devenir sera de nous habiter tout au long de notre existence terrestre avec le développement ou non de différentes dynamiques : celle de pouvoir croître, de s'épanouir ou simplement d'être « engrangées » ou « consommées ». C'est comme cela que je comprends le sens de notre passage sur cette terre : nous permettre de redonner à l'univers (lorsque nous quitterons notre enveloppe physique) plus de Vie, plus d'Amour et plus d'Énergie que nous en avons reçu au départ. Ou simplement déposer le solde, le résidu qui restera de ce que nous avons consommé, gaspillé ou violenté en nous de la Vie, de l'Amour et de l'Énergie. Cela peut vous sembler, à cet instant, une mission délicate ou festive, difficile ou magique, chargée de possibles ou impossible à réaliser. C'est à vous de vous interroger, d'accueillir cette mission ou de la rejeter, de la laisser grandir ou de la laisser en suspens, pour l'instant…

Quelle que soit votre position, je continue à croire à l'Amour comme à une force qui nous relie, qui nous embellit, qui nous attire vers le meilleur de nous-mêmes et d'autrui.

> *« La vie sans amour ressemble à l'arbre sans fleurs et sans fruits. L'amour sans la beauté est comme des fleurs sans parfum et des fruits sans graines… La vie, l'amour et la beauté : une trinité indépendante et absolue qui n'admet ni le changement ni la division. »*
>
> KHALIL GIBRAN

Table des matières

Du même auteur

Des choses à vous dire, Les Éditions de l'Homme, 2016.

Voyage au pays de l'amour, Les Éditions de l'Homme, 2013.

Une vie à se dire, Les Éditions de l'Homme, 2013.

L'effet source, Les Éditions de l'Homme, 2011.

Aimer l'amour, Les Éditions de l'Homme, 2011.

À qui ferais-je de la peine si j'étais moi-même ?, Les Éditions de l'Homme, 2008.

Parle-moi… j'ai des choses à te dire, Les Éditions de l'Homme, 2004.

Aimer et se le dire (en collaboration avec Sylvie Galland), Les Éditions de l'Homme, 2003.

Vivre avec soi, Les Éditions de l'Homme, 2003.

Vivre avec les miens, Les Éditions de l'Homme, 2003.

Si je m'écoutais, je m'entendrais (en collaboration avec Sylvie Galland), Les Éditions de l'Homme, 2003.

Jamais seuls ensemble, Les Éditions de l'Homme, 2002.

Vivre avec les autres, Les Éditions de l'Homme, 2002.

Consultez le site de Jacques Salomé
www.j-salome.com

Suivez-nous sur le Web

Consultez nos sites Internet et inscrivez-vous à l'infolettre pour rester informé en tout temps de nos publications et de nos concours en ligne. Et croisez aussi vos auteurs préférés et notre équipe sur nos blogues !

EDITIONS-HOMME.COM
EDITIONS-JOUR.COM
EDITIONS-PETITHOMME.COM
EDITIONS-LAGRIFFE.COM

RECYCLÉ
Papier fait à partir de matériaux recyclés
FSC® C103567

Imprimé chez Marquis Imprimeur inc.
sur du Rolland Enviro, contenant 100%
de fibres postconsommation, fabriqué à partir d'énergie biogaz
et certifié FSC®, ÉCOLOGO, Procédé sans chlore et
Garant des forêts intactes.

PERMANENT 100% BIO GAZ ÉNERGIE Garant des forêts intactes